徳間文庫

若殿八方破れ

彦根の悪《あく》業《ごう》薬《やく》

鈴木英治

徳間書店

目次

主な登場人物

真田《さなだ》俊介《しゅんすけ》　信州松代《まつしろ》真田家跡取り。

真田信濃守《しなののかみ》幸貫《ゆきつら》　俊介の父。真田家当主。

大岡《おおおか》勘解由《かげゆ》　真田家国家老《くにがろう》。幸貫の側室《そくしつ》の父。

真田力之介《りきのすけ》　真田家次男。俊介の異母弟。勘解由の孫。

海原《かいばら》伝兵衛《でんべえ》　真田家家臣。俊介の世話役。

寺岡《てらおか》辰之助《たつのすけ》　真田家家臣。俊介の世話役。**似鳥《にとり》幹之丞《みきのじょう》**に殺される。

皆川《みながわ》仁八郎《じんぱちろう》　俊介が修業する奥脇《おくわき》流道場の師範代。道場主は**東田《ひがしだ》圭之輔《けいのすけ》**。

似鳥幹之丞　浪人。辰之助殺害後も俊介をつけ狙う最大の敵。

弥八《やはち》　真田忍びの末裔《まつえい》。

おきみ　病に臥せる母**おはま**の薬を求めに、俊介一行と同道する。

良美《よしみ》　有馬《ありま》家の姫。姉の**福美《ふくみ》**と俊介との間に縁談が進んでいる。

誠太郎《せいたろう》　真田家が借財している、廻船と酒問屋を営む稲垣屋《いながきや》の主。

第一章　二度手柄

一

わくわくする。
あとどのくらいだろうか。
この町に皆川仁八郎《みながわじんぱちろう》はいるのだ。
もう少しで会える。
仁八郎の病は治っただろうか。元気になっただろうか。
それとも、宿病である頭の痛みはまだ去らないだろうか。
――今はどちらでもよい。
とにかく、真田《さなだ》俊介《しゅんすけ》は一刻も早く皆川仁八郎と会いたくてならない。肩にかけた振り分け荷物も、今朝、宿を出立した頃に比べたら、重さをだいぶ減じたような気がする。

実をいえば、俊介はもっと速く歩きたい。それだけ足が弾んでいるのだ。九州まで行った長旅の疲れなど一切ない。

だが、足を速めることはできない。良美《よしみ》と勝江《かつえ》という足弱が一緒にいるのだから。

おなごに気をつかわない男はこの世に少なくないが、自分はそういうふうにはなりたくない。

いま何刻《なんどき》だろう、と俊介は考えた。雲を蹴散らした太陽は頭上で燦々《さんさん》と輝き、明るい陽射《ひざ》しを送り続けている。

昼の八つ過ぎくらいか。足元にできている自分の影の上に、ぽたりぽたりと汗がしたたり落ちてゆく。大坂は海が近いはずなのに、あまり風がなく、むしむししている。

俊介の前を行く弥八《やはち》が、つと振り向いた。

「俊介さんは、大坂の町は初めてだったな」

「そうだ。もっとも、これまで一度も江戸を離れたことがないゆえ、どの町も初めてだ」

柔らかな笑みを浮かべて俊介は答えた。

「どうだ、この町は」

弥八に問われ、うむ、と俊介は顎を引いた。

「大勢の人が暮らしているようだし、商家や町家の数も多い。そのあたりは江戸と変わらぬ。ただ、やはり町人の姿がことのほか目立つようだな」

大きな扁額《へんがく》を屋根に掲げた商家が建ち並ぶ広い通りを、大きな声音で話しつつ多勢の人がせわしなく行きかっている。その風景は江戸とそっくりだが、歩いているのがほとんど町人なのだ。

武家である俊介に対し、江戸者のようにすれちがうときに少しよけるとか、軽く頭を下げるとかいうことはない。武家に道を譲る気は一切ないようだ。

これまですべて俊介はよけているものの、武家と見てわざと肩をぶつけてくるような仕草をする者さえもいるのである。

江戸に比べ、気性が少し荒いのかもしれない。武家に対する敬いの気持ちはまったく感じられない。

「ここは町人の町だぞ、という気概や自負が誰の胸にも強くあるようだな」

耳に飛び込んでくる、かしましい大坂弁もいかにも町人の言葉という感じがする。

「俊介さんのいう通り、ここは町人の町だ」

ゆっくりと歩きながら、弥八が同意してみせる。

「当たり前のことだが、大坂にも武家屋敷はあるし、大勢の侍が暮らしてもいる。だが、さすがに江戸ほどではない。侍の数は江戸とは比べものになるまい。侍などなんぼのもんや、という思いを、誰もが抱いているのはまちがいなかろう」

いったん前を向いた弥八が首を回して、再び俊介を見やった。他者には聞こえないような小さな声できいてくる。

「真田家は、大坂に屋敷を持っているのか」

俊介が真田の若殿であることは、他者に知られるわけにはいかない。まわりの誰が聞き耳を立てているか知れないのだ。

「いや、持っておらぬ」

俊介も小さな声で告げた。別に人に聞かれて困る答えではないが、弥八の気遣いに応えてみせたのだ。

「実をいえば、蔵屋敷をこの町に構えることを父上はお考えになったらしい。だが、今のところ、父上の病もあって、その話は進んでおらぬようだな」

正直をいえば、すでに頓挫したといってよいのではないか。

歩を運びつつ俊介は、父幸貫《ゆきつら》の顔を思い浮かべた。病床に臥《ふ》している父から、三月で江戸に戻るようにいわれている。それ以上、幸貫の命は保《も》たないようなのである。

それに加えて、真田家の嫡子である俊介が江戸を不在にしていることが公儀にばれずにすむのは、せいぜい三月以内であろう、と幸貫は踏んでいるのだ。

猶予は、あと一月といったところか。つまり俊介が江戸を出て、もうすでに二月がたとうとしているのだ。

もしや、と俊介は心中で顔をしかめた。父上の病があらたまったというようなことはないだろうか。

旅の空にいると、父のことが心底案じられてならない。江戸に飛んで帰りたくなる。だが、今はそういうわけにはいかない。やらなければならないことがある。

「ならば、俊介どのがお父上のご意思を受け継ぐのがよかろう」

弥八の声が耳に入り込み、俊介は前に顔を向けた。

「うむ、そうすべきだろうな」

間を空けることなく俊介は続けた。

「大坂は天下の台所だ。この地に屋敷を構え、そこを拠点に我が家も商いに精出すのがよかろう」

そうすれば、真田家の苦しい台所事情も少しは改善されるのではあるまいか。父幸貫が大坂に屋敷を築こうと画したのも、狙いはまさにそれだろう。

小さくうなずいた弥八がわずかに眉根を寄せる。

「天下の台所のこの町だが、むろん、よいところばかりではない。悪いところもある。武家が少ないせいもあるのか、治安があまりよくないんだ。犯罪は、江戸に比べたらだいぶ多い。特にひったくりだな。この町は、ひったくりが跳梁《ちょうりょう》している。俊介さん、十分に気をつけてくれ」

「ひったくりか。承知した」

懐に財布がちゃんとあることを確かめた俊介は背後に顔を向け、良美と勝江の二人に目を当てた。

良美は、久留米《くるめ》で二十一万石《ごく》を領する有馬《ありま》家の姫である。

その後ろを歩く勝江は良美の侍女で、風呂敷で包んだ大きな行李《こうり》を赤い顔をして背負っている。

その様子がいかにも重たげで、俊介自身が振り分け荷物を担いでいるといっても、見過ごすことはできなかった。俊介は何度か勝江に、俺がその行李を持とうといってみたのだが、俊介さまにそのようなことはさせられません、とそのたびに勝江にきっぱり断られている。

俊介を見返して、勝江がにこりとする。

「大丈夫でございます。私はこの行李を奪われるようなへまは決していたしませんから」

「それはよくわかっている。そなたは見かけ通りのしっかり者ゆえ」

意外だといいたげな顔で、勝江が俊介を見つめた。

「俊介さま、見かけ通りの、というのはどういう意味でございましょう」

「言葉通りの意味だ。どこからどう見ても、そなたの人柄は堅実で信用できるということだな」

「はあ、さようにございますか。おなごというのは、しっかり者よりも、どこかはかなげな感じがするほうが、おのこにもてそうな気がするのですが……」

「はかなげか。そなたには、しっくりくる言葉ではないようだな」

勝江の目がわずかに険しくなった。

「俊介さま、ずいぶんはっきりおっしゃいますね」

「すまぬ。幼い頃より考えたことをすぐ口にしてしまうたちでな。なに、勝江ならすぐにいい男が見つかろう。心配するな」

筑後《ちくご》久留米出身の勝江は、ついこのあいだ、幼なじみでずっと好いていた正《しょう》八郎《はちろう》という男を失ったばかりである。それでも、勝江はその後なんとか立ち直り、弥八といい雰囲気になったようにも見えたが、果たしていま二人の仲はどうなっているのだろうか。

「私に、よい男が見つかりますか。さようにございますか」

勝江は半信半疑という顔だ。

「俺を信じろ、勝江」

小さく笑って、俊介は良美に目を注いだ。

「私も大丈夫です。巾着を取られるような隙は決して見せません」

菅笠《すげがさ》を上に傾けた良美が胸を張る。

「巾着は腰に下げず、懐に大事にしまってあります」

巾着は通常、紐《ひも》で腰につるすことが多い。巾着切りは、その紐を切って巾着を盗むことから、その名がついた。

「懐にあるなら巾着切りの心配は無用だろうが、掏摸《すり》にも気をつけてくれ」

「わかっております。俊介さまもご用心なさいませ」

「肝に銘じておこう。――弥八」

前を行く弥八に俊介は声をかけた。

「医篤庵《いとくあん》には、あとどのくらいで着く」

「医篤庵は阿波町《あわちょう》にある。ふむ、ここは――」

あたりに目を配って、今どこを歩いているか弥八が確認する。

「坂本町だから、あと三つばかり橋を渡ればよい」

「橋を三つか。江戸に劣らず、大坂も川や水路が多いな。荷や人を満載した舟がひっきりなしに往来している。——それにしても、弥八はなにゆえ大坂にそれほど詳しいのだ」

「なに、若い頃にこの町で暮らしたことがあるからだ」

あっさりとした口調で弥八が答える。

「ほう、そいつは初耳だ。なにゆえ大坂にいたのだ」

興味を惹《ひ》かれたようで、良美と勝江も耳を傾ける風情である。

「好きな女を追ってきたのさ」

なんでもないことのように弥八がさらりといった。

「なんだと。女を追って、江戸から大坂まで来たというのか」

振り向き、弥八がにんまりする。同じように驚きを隠せずにいる良美と勝江にもちらりと目を向けた。

弥八の女の話を聞いて勝江がどう思うだろうと、俊介は気になった。勝江は確かに驚いてはいるものの、興味のほうがまさっている顔つきをしている。弥八に対し、恋心は抱《いだ》いていないのだろうか。

「俊介さん、そんなに驚くことはあるまい。若い頃というのは、なにごとにもすぐに目がくらみ、まわりが見えなくなって突っ走ってしまうものではないか」

「そうかもしれぬが」

俊介も良美の姉である福美《ふくみ》とのあいだで縁談が進んでいるらしいのだが、この旅の途中、良美と将来をかたく誓い合った。

果たしてそれが幸貫に許されるものか。いや、許されようはずもない。大名の嫡男や姫が、勝手に婚姻の約束をしていいものではないのだ。

そのことは、俊介も良美も痛いほどわかってはいるのだが、きっとなんとかなるだろう、と楽観している。これも若さのなせる業《わざ》といえるのではないだろうか。

「弥八が惚《ほ》れたその女性は、いったい何者なのだ」

良美のことは頭の隅に寄せて、俊介は問いを重ねた。

「なに、武家の女房よ」

思いもかけない言葉に、俊介はうろたえを隠せなかった。

「な、なんと」

うぶな俊介の驚きようがおもしろくてならないらしく、にやにやしながら弥八が続ける。

「その女の亭主が、江戸から大坂に転勤になった。それで俺も追ってきたのだ」

「亭主が転勤――。だとしたら、その相手とは旗本の妻女ではないのか」

旗本中の大番衆《おおばんしゅう》と呼ばれる者なら、大坂に転勤することは珍しくない。確か、全部で十二組あるうちの二組が一年交替で大坂に行くことになっているはずだ。

「まあ、そういうことだな。しかも、亭主はなかなかの大身だった」

まさか、大番衆を率いる大番組頭ということはないだろうか。

前を向いたまま弥八が続ける。

「転勤といっても大坂には一年しかおらんのだから、江戸から単身で赴任する者がほとんどらしいが、その大身の亭主は妻をわざわざ大坂まで連れてきたのだ。妻にぞっこん惚れており、一刻も手放したくなかったんだろう。女がそんなことをいっていた」

夫君が妻女の浮気を疑い、江戸に一人でいさせたくなかったということはないのだろうか。

「弥八、不義は露見しなかったのか」

「そのあたり、俺に抜かりがあるはずがない」

そうか、と俊介は首を縦に振った。自信たっぷりに弥八がいいきる以上、本当に夫君はなにも知らなかったのだろう。

「弥八、その妻女とはその後どうなったのだ」

最も知りたいことを俊介はたずねた。

「長続きはしなかった。女のほうは、密会のはらはらどきどきする感じに浮かれていたらしいのだが、やがてそれにも飽きたようなのだ。俺はあっさりと袖にされた」

「その妻女は今どうしている」

思い出すように弥八が頭上を見上げた。

「とっくの昔に、亭主とともに江戸に戻ったはずだ。別れたあとの消息は知らぬ」

本当にそうなのだろうか。今も実は、弥八が知っているというようなことはないのか。しかし、俊介に穿鑿《せんさく》するつもりはない。

「女に袖にされて弥八はどうした」

「江戸と気風が異なり、どこか闊達《かったつ》な感じのするこの町が気に入って、しばらくそのまま暮らしていた。だが、そのうち江戸が恋しくなっちまって、ふらりとこの町をあとにしたのさ」

不意に弥八が鼻をくんくんさせた。

「おや、いいにおいがするな」

確かに、香ばしいにおいがあたりに漂っている。弥八が女の話を打ち切りたがっているように感じ、俊介はすぐに乗った。

「こいつは焼き烏賊《いか》だな」

大の好物で、俊介は目を輝かせた。今にもよだれが垂れてきそうだ。

十間《じっけん》ほど先の屋台から、盛んに煙が上がっているのが見える。弥八の女の話は脳裏からあっさりと消えた。

「実にうまそうだ」

「俊介さまは、焼き烏賊がお好きでいらっしゃいますか」

にこやかにほほえんだ良美が、控えめに肩を並べてきた。

「焼き烏賊というよりも、烏賊自体が大好きだな」

頬に笑みを浮かべた俊介は、良美にうなずいてみせた。

「我が領内に海はないが、俺は江戸育ちゆえ、幼い頃から江戸の海で揚がる烏賊をさんざん食してきた。この体の半分ほどは、烏賊でできているようなものだ」

「そんなにたくさんの烏賊を召し上がったのでございますか」

驚きに目を丸くしたのは勝江である。

「うむ、食したぞ。江戸の海で暮らす烏賊も、俺さえいなければ、その数を減らすことはなかったであろう。台所の者と顔を合わせるたび、膳に烏賊を添えてくれるよう俺は頼んだものだ」

そういえば、と俊介は思い出した。寵臣《ちょうしん》だった寺岡辰之助《てらおかたつのすけ》も烏賊をことのほか好んだ。俊介につき合って食べているうちに、次第に好物になっていったようだ。特に、烏賊刺しが好物だった。

会いたいな、と俊介は辰之助の精悍《せいかん》な顔を脳裏に浮かべた。頭の中の辰之助は、人を惹《ひ》きつける穏やかな笑みを浮かべて、こちらを見ている。

不意に、辰之助に取って代わった顔があった。ぎりっ、と俊介は奥歯を嚙《か》み締めた。

脳裏に映り込んでいるその顔は、似鳥幹之丞《にとりみきのじょう》である。俊介を見て、にやにやしている。

似鳥幹之丞こそ、江戸において辰之助を手にかけた男なのだ。俊介は辰之助の仇《かたき》を討つために、公儀の許しを得ることなく江戸の真田屋敷を離れたのである。

——やつは今どこにいるのか。

俊介は、似鳥幹之丞を斬《き》り殺したくてならない。一刻も早く、そのときを手にしたくてならない。

だが、本懐を遂げるのは果たしていつになるものか。

その機会がなかなかやってこないことが、俊介を苛立《いらだ》たせる。

「俊介さま、どうされたのですか、急に怖い顔をなされて。焼き烏賊を購《あがな》わずともよろしいのですか」

はっ、と我に返り、俊介は良美を見つめた。

「ちと似鳥幹之丞のことを考えていた」

俊介は隠し立てすることなく告げた。それを聞いて、良美が眉を曇らせる。勝江と弥八も同様である。

良美たちも、俊介が似鳥幹之丞を討とうとしている事情についてはむろん知っている。

似鳥幹之丞は有馬家の剣術指南役に迎えられ、いっとき久留米にいたはずなのである。そのことを知り、俊介は江戸から遠く九州へと旅立ったのだ。

すでに、焼き烏賊売りの屋台は背後に過ぎ去っている。焼き烏賊を買い損ねたことを、俊介は惜しいと思わなかった。今は焼き烏賊よりも、似鳥幹之丞のことだ。

必ず見つけ、この手で殺す。

怒りが全身にたぎり、今にも顔から熱気が噴き出しそうだ。

なにゆえ、これほど強い怒りがわき上がってきたのか。

——知れたこと。

これは辰之助の怒りそのものだろう。俊介がまだ仇を討てないことに、辰之助も苛立っているのだ。

これまでにも何度か似鳥幹之丞と対する機会はあった。だが、やつを仕留めることはできなかった。

──今度は逃がさぬ。

もしやつの姿がこの目に入ったら、二度と視野から出さぬ。必ずこの手で討つ。似鳥幹之丞を亡《な》き者にすることなく、江戸におめおめと戻れぬ。もしそんなことになれば、いったいどんな顔で父上にお目にかかればよいというのだ。

不意に背後から、ただならない気配がざわりと立った。その直後、大気をつんざくような男の声が聞こえた。

──ひったくりだあ。

さっと俊介が振り返ると、ちょうど焼き烏賊売りの屋台近くの人垣が二つに割れたところだった。

そこから、姿勢を低くした一人の若い男が脱兎《だっと》の勢いで走り出してきた。右手に巾着らしい物を握っているのが見える。

「どけ、どけ、どけ。道を空けろっ」

口から泡を飛ばしながら荒々しい声を発して、若い男は俊介たちがいるほうに駆けてくる。その気勢に押されたように人々が次々に脇によけてゆく。

若い男は頬がこけ、獰猛《どうもう》な犬のような目つきをしている。毛深い臑《すね》をむき出しにして走っているが、全身から漂うその雰囲気はいかにもすさんでいた。

「弥八――」

振り分け荷物を足元に置いて、俊介は低い声で鋭く命じた。

「承知――」

軽く顎を引いた弥八が振り分け荷物を地面に置き、良美と勝江の前に出た。

ひったくりの男はあてどもなく走っているように見えるが、実はそうでないことを俊介は見抜いた。

ひったくりの男の目が、横に口を開けている路地に向いたのを見たのだ。最初からその路地を逃げ道にしようとしており、今そこに人けがないことを確かめたように、俊介には感じられた。

「弥八、そこの路地だ」

間髪《かんはつ》を容《い》れずに俊介は指示した。

「わかった」

その声と同時に、弥八の姿が俊介の前からかき消えた。

走る速さを減ずることなく、ひったくりの男は土煙を立てて道をだっと曲がった。一気に路地に飛び込もうとしたが、それはかなわなかった。

瞬時に四間ほどを跳躍した弥八が、ひったくりの男の前に立ちはだかったからだ。弥八の身ごなしを目《ま》の当たりにしたまわりの者から、大波が打ちつけたようなどよめきが起きた。

すごい、と良美と勝江も感嘆の声を漏らす。

「うおっ」

仰天したものの、ひったくりの男は驚きから立ち直り、両手を大きく広げた弥八の腕の下を素早くくぐり抜けようとした。

だが、ぐえっ、と息の詰まった声とともにその場で立ちすくんだ。

弥八の右手が襟首をむんずとつかんでおり、ひったくりの男の首がかたく絞まったからである。

それでも、ひったくりの男は死に物狂いに体をじたばたと動かしている。弥八の足払いを食らって、音を立てて地面に横倒しになった。

「な、なにすんねん」

唾を飛ばしてわめき、ひったくりの男が土をかいて立ち上がろうとする。それをまた弥八が足を引っかけて転がした。

ぶざまに倒れ込んだが、ひったくりの男は手のうちの巾着は握り締めて放そうとしない。

すぐさまかがみ込んだ弥八が、ひったくりの男の手から巾着を取り返す。

それを見て、ひったくりの男があわてて立ち上がった。

「な、なに、すんねん。そいつは、俺の巾着やで」

手を伸ばし、ひったくりの男は弥八から巾着を取り返そうと試みたものの、弥八がさっと手を上げたために、指先は巾着をかすめもしなかった。

巾着にはかなりの金子《きんす》が入っているようで、そのたっぷりとしたふくらみには重々しさが感じられた。

「おまえ、嘘《うそ》をついてはいかんぞ」

ひったくりの男をいさめるように弥八が口を開いた。

「嘘なんかつくかいな」

吠《ほ》えるようにひったくりの男が答える。

「俺は大坂一の正直者やで――」

「座っていろ」

ひったくりの男は弥八に頭をぐいっと押さえ込まれた。

無理矢理座り込まされたひったくりの男は地面にあぐらをかき、憎々しげに弥八を見やっている。

「いいか。おまえは捕まったんだ。もはや無益なことはせんほうがいいぞ。おとなしくしていろ。わかったな」

しゃがみ込んだ弥八がひったくりの男の丸い鼻を指で弾《はじ》いた。ぴしっ、と小気味いい音がした。

「痛《い》てて」

大仰な声を上げて、ひったくりの男が顔を両手で押さえる。

そのとき、よたよたと体をよろけさせて弥八の背後に駆け込んできた者があった。

商人然とした男で、ずいぶん恰幅《かっぷく》がよく、着ている物も立派だ。ただし、息が荒々しく、ひどく顔を赤らめている。

「せっかく先生に診てもらったばかりなのに、また痛くなってきそうやで」

頭の後ろを右手で押さえて、商人らしい男がつぶやく。

「あっ、あった」

弥八の手のうちにある巾着を見て、商人が喜びの顔つきになった。

「ええ、ええ、この男ですよ、手前から巾着を取っていったのは。手前が焼き烏賊を買おうとして、懐にしまっておいた巾着を取り出したところ、いきなり横からかっさらっていったんです」

鼻息荒く弥八に説明するようにいって、商人がいまいましそうにひったくりの男を見つめる。

巾着をひったくった男は腕組みをし、傲然と顎を上げている。

逃げ出されないようにひったくりの男に警戒の目を注ぎつつ、弥八がゆっくりと立ち上がった。

「――ああ、こちらでしたか」

人垣を割って入ってきた若い男が、商人らしい男を見て安堵の息をつく。

「ああ、力造《りきぞう》。おまえがいなかったせいでひどい目に遭ったよ」

「なにがあったのです。忘れ物は取ってまいりました」

力造と呼ばれた男は扇子を商人然とした男に渡した。

「ひったくりに巾着をやられたんだ」

「なんですって」

「大丈夫だ。巾着はもうそこにある」

商人らしい男は弥八の手を見ている。

「あの、巾着を返していただけますか」

小腰をかがめ、商人が弥八に申し出る。

「今は駄目だ」

弥八がやんわりと拒絶する。

「どうしてでございますか。それは手前の巾着でございますが」

信じられないという顔で商人が弥八を見る。

「そうかもしれんが、今は渡せぬ」

「なにゆえでございましょう。取り返していただいたお礼でしたら、その巾着の中から差し上げるつもりでおります」

礼銭のことをいう商人は、どこか卑しい顔をしているように俊介には感じられた。

「礼などいらん。当然のことをしたまでだ。この巾着が本当におまえさんのものか、明らかにしてもらわなければならん」

「それでしたら、たやすいことでございます。手前は、その巾着の中身を言い当てることができます」

「その通りだろうが、そいつは役人が来るまで待ってくれ。きっと誰かが知らせに走っているはずだ。運よく近くにいれば、すぐに町方《まちかた》役人は姿を見せるだろう。巾着の中身については、その役人にいってくれればいい」

役人と聞いて、ひったくりの男がもぞもぞと身じろぎする。なんとか逃げる機会がないものか、弥八の様子をうかがっている。

「この場でお役人を待つのでございますか」

商人が心外そうな顔でたずねる。

「手前どもは、これから急ぎの商談が控えているのでございますが」

「申し訳ないが、それでも巾着を渡すわけにはいかん。役人を待ってもらうしかない」

「はあ、さようでございますか」

不承不承、商人がうなずく。

「来たようだぞ」

振り分け荷物を手に弥八の横に出て、俊介は商人に伝えた。弥八の振り分け荷物は、良美が持ってくれている。

「ほら、あそこだ」

俊介は手を掲げて指し示した。俊介たちのまわりには野次馬が集まっているが、こちらに向かって駆けてくる町方役人らしい姿が人垣越しに小さく見えているのだ。中間《ちゅうげん》らしい者も一緒なのが俊介にはわかった。

「ああ、ほんまですな。――あれはもしや白川《しらかわ》さまでは」

近眼《ちかめ》なのか、目を細めて商人がつぶやく。

「ええ、まちがいありません」

手代らしい男が主人に同意する。

どうやらやってきたのは、この者たちの知り合いの役人のようだ。ほっと安堵《あんど》の息をついた商人主従が、この人は何者なのだろうという表情で、俊介をじっと見る。

手代らしい男の目は鷹のように鋭くただ者ではないように思えたが、そのことよりも商人の目が人を値踏みするようで、俊介は不快さを覚えた。

弥八の目が役人のほうに向いた寸隙《すんげき》を突いたかのように、だん、と土を蹴るような音が俊介の耳を打った。

あっ、と良美と勝江が同時に声を上げる。

俊介が音のしたほうを見やると、ひったくりの男が勢いをつけて立ち上がるところだった。その勢いのまま路地に駆け込もうとしたらしいが、弥八がひょいと出した足にものの見事に引っかかり、頭から地面に倒れ込んだ。ざざっ、と音が立ち、あたりにもうもうと砂埃《すなぼこり》が立ち込める。

それでもあきらめることなく、ひったくりの男は起き上がり、土埃の幕を破って犬のように走り出した。

だがそれも一瞬に過ぎず、びしり、と首筋を弥八にしたたかに打たれて、その場に両膝から崩れ落ちた。こんにゃくのように体をぐにゃりと曲げ、地面にうつぶせになった。土が一杯についた横顔を、俊介のほうに向けている。

死人のようにぴくりとも動かないが、ただ気を失っているに過ぎない。

しゃがみ込んだ弥八が顔を近づけ、ひったくりの男に告げる。

「悪いが、おまえを逃がすわけにはいかんのだ。犯した罪は、あがなってもらわなければならん」

この男にとって、今回が初めてのひったくりではあるまい。手慣れた感じからして、これまで何度も繰り返しているはずなのだ。ひったくりを一人捕らえたからといって、大坂の治安がよくなるはずもないが、弥八のいう通り、罪は罪だ。見逃すわけにはいかない。

ものすごい腕をしてらっしゃいまんなあ、いったい何者でっしゃろ、きっと名のあるお方にちがいありまへんで。まわりの野次馬が弥八を見てささやく。

その声がふとやみ、あたりが静寂に包まれた。野次馬たちの垣を割った侍がいたのだ。俊介が町方役人と見た侍である。

町人たちから、ずいぶん恐れられている様子である。切れ上がった眉が墨で書いたように太く濃く、削ったかのように彫りが深い顔をしている。鋭い目つきには迫力が備わっており、並みの犯罪人なら、すぐさま畏れ入って自白してしまうのではあるまいか。町人たちのあいだでも、きっと辣腕《らつわん》として評判の役人なのだろう。

「白川さま」

もみ手をし、商人がうれしげな声を出した。

「おう、湊川屋《みなとがわや》ではないか」

右手を挙げ、白川と呼ばれた役人が足早に近づいてきた。

俊介は一歩二歩と静かに下がり、良美と肩を並べた。良美がうれしそうに俊介を見る。

にこりと俊介は笑みを返した。それから、白川という役人を見やった。

役人の身なりは、江戸の定廻《じょうまわ》り同心《どうしん》と変わらない。大坂でも町方同心という呼び方をしているのか俊介は知らないが、とにかく町廻りを担当している役人に相違あるまい。

「ひったくりがあったと聞いたが、もしや湊川屋、おぬしがやられたのか」

深みのある声で白川が湊川屋に問う。

「ええ、さようで。この男がひったくりでございます」

憎悪の籠もった目でいまだににらみつけ、湊川屋がひったくりの男を指さす。ひったくりの男はいまだに気絶したままだ。

「おう、こやつは紋助《もんすけ》ではないか。湊川屋は知らんだろうが、ひったくりを生業《なりわい》にしているも同然の男だ。にもかかわらず、これまで一度も捕まったことがなかった。でかしたぞ。誰が捕らえた」

「こちらのお方で」

湊川屋が、そばに立つ弥八を手のひらで示した。

「ほう、おぬしが――」

白川が弥八を見つめる。すぐに常人離れした雰囲気を見抜いたようで、この男は何者なのか、と正体を看破せんとする厳しい目を弥八に据えた。

「そうだ。俺が捕らえた」

平然と弥八は答えたものの、白川を見る目がどこかいぶかしげに動いたのを俊介ははっきりと見た。

「おぬしの名をきいてもよいか」

俊介と同じように感じたのか、白川が弥八にきく。

「弥八という」

しばらく弥八という名に心当たりがないか、考えていたようだが、白川の心に引っかかるものはなかったようだ。

気分を変えるように白川が破顔してみせる。

「弥八どの、よくやってくれた。――よし、縄を打て」

白川が中間に命ずると、はっ、と答えて中間が腰縄を取り出し、まだ気を失ったままの紋助にかたく縛《いまし》めをした。

「――湊川屋」

紋助が身動き一つできないことを、念を入れて確かめた白川が商人を見る。

「紋助になにを取られた」

「巾着を取られました」

「その巾着は」

「こちらの弥八さんが」

白川という役人が向き直り、再び弥八を見つめる。やはり弥八に対して引っかかるものがあるようで、おかしい、といわんばかりに首を傾けた。

「その身なりからして、おぬしは旅の者のようだな。――弥八どのはどこから来た」

「江戸だ」

「大坂は初めてか」

「いや、前に来たことがある」

白川という役人がまじまじと弥八を見る。うーむ、とうなり声を上げた。

「おぬし、俺と会ったことはないか」

小さな笑いを漏らし、弥八が首を横に振る。

「大坂のお役人と関わったことは一度もない」

はてそうなのかな、とつぶやいて白川が首をひねる。弥八を見つめ、なんとか思い出そうとしているようだ。

だが、結局のところ、なにも浮かんでこなかったらしい。

「弥八どの、その巾着を見せてくれ。中身を検《あらた》めた上で湊川屋に戻したい」

「ありがたいな。そのつもりでお役人を待っていたんだ」

弥八が素直に巾着を手渡した。

「では、検めさせてもらう」

巾着の口を開け、白川が中をのぞき込んだ。

「湊川屋、この巾着の中になにが入っているか、つまびらかにいえるか」

「お安い御用でございますよ」

ぺこりと辞儀をしてから、湊川屋が得意げにしゃべり出す。

「小判の包み金が二つに、二分金と一分銀がそれぞれ二十枚でございます。しめて六十五両が入っているはずでございます」

「ふむ、確かにその通りだ」

巾着から取り出した金子を手のひらに載せ、白川が弥八に見せる。

それを目にした野次馬から、たいそうなお大尽《だいじん》やで、湊川屋って何者かいな、確か大津の薬種問屋やがな、薬種問屋は儲《もう》かるんやなあ、とうらやみの声が上がった。

白川が、手のひらの金子を巾着に戻した。

「湊川屋、ほかに入っている物はないか」

「あとは、ええと、えべっさんのお守りでございますな」

えべっさんというと、と俊介は思いだした。今宮戎《いまみやえびす》神社のことだろう。大坂に昔からある古い神社で、商売の神さまとして知られているはずだ。

「こいつだな」

お守りを取り出し、白川がそれも弥八に見せた。

「どうかな、弥八どの。この巾着は、まちがいなく湊川屋のものと見てよいと思うが」

「その通りだろう。返してやってくれ」

「よし、湊川屋、受け取れ」

「おおきに」

やれやれというように頭を下げて、湊川屋が巾着を手にした。

「弥八さん、大切な巾着を取り戻していただいて、本当に助かりました」

弥八の前に立ち、湊川屋が礼を述べる。

「湊川屋。弥八どのに礼銭を――」

「いや、けっこうだ。湊川屋にもいったが、当たり前のことをしたまでだ」

「えっ、弥八さん、本当に礼銭をいらないといわっしゃるんですか」

半信半疑のようではあるものの、湊川屋は期待に満ちた顔つきだ。

「うむ、いらん」

「さようでございますかぁ」

湊川屋は、世の中には信じられない人がいるものだ、といいたげな顔をしている。

「それはまたたいそう奇特なことで。やはり江戸のお人は、ちがいまんな。欲があらへん。手前どもも見習わなければあきまへんな」

どこか小馬鹿にしたような口調である。少なくとも、俊介にはそう聞こえた。

「湊川屋、今日は用事があって大坂に出てきたのか」

俊介と同じ思いを抱いたのか、白川が湊川屋の顔を向けさせる。

「大事な商談がございましてね。それと、先生に頭を診てもらいにまいりました」

「甲斎《こうさい》先生だな。なんだ、おぬし、まだ頭痛が治っていなかったのか」

甲斎と聞いて、俊介は驚いた。まさにこれから訪ねようとしている医者である。

弥八も良美も勝江も目をみはっている。

「いえ、もう治りましたんですけど、大坂に出てきたついでに一応、先生に診てもらったのでございますよ。それに、先生の処方する薬はまだ飲み続けていますので、それももらいに寄ったんですわ」

「先生はなんとおっしゃった」

「確実によくなってはいますが決して無理はなさらないように、と。しかし、ひったくりに巾着を取られて、手前は頭の痛みがぶり返しましたわ。こうして取り戻すことができて、痛みもおさまったようですわ」

そうか、と大してておもしろくもなさそうに白川がいった。

「では、白川さま、弥八さん、これにて失礼させていただきます」

腰を折った湊川屋は手代らしい男をうながし、歩き出そうとした。すぐに足を止め、もう一度、紋助をにらみつける。

その眼差《まなざ》しを感じ取ったかのように、紋助が目をぱちりと開けた。なんやこれは、とかたく縛めをされて身じろぎ一つできないことに、びっくりしている。

「ふん、いい気味やで」

嘲笑《ちょうしょう》するようにいい、扇子で顔をあおぎながら湊川屋はその場をさっさと離れていった。

湊川屋は薬種問屋のあるじとのことだったが、と俊介は思った。いったいどんな商売のやり方をしているのだろう。あの人柄で商売になるのなら、相当のやり手にちがいあるまい。それか、よほどあくどくやっているか。

「よし、我らも行くとするか」

振り分け荷物を担ぎ直して俊介はいった。良美が弥八に振り分け荷物を渡す。

「すまん」

笑顔で弥八が礼をいい、振り分け荷物を肩に担う。

「いえ、なんでもありませんよ」

良美が優しい笑みを返す。

「――ちょっと待ってくれるか。おぬしは何者かな」

目を鋭くして進み出た白川に、俊介はきかれた。

「弥八の連れの者だ」

「江戸のお方だな。お名をうかがってもよろしいか」

「俊介という」

「名字は」

「いえぬ」

　まさかそんな答えが返ってくるとは予想していなかったようで、白川の目つきがさらに厳しいものになった。後ろに控えている中間もきつい眼差しを注いでいる。

「なにゆえいえぬのかな」

「ちと障りがあるゆえ」

　やんわりと笑みを浮かべ、俊介は答えた。

「障りというと」

「それもいえぬ」

「弥八どのの連れといわれたが、むしろ弥八どのが俊介どのの連れではないのかな。つまり、俊介どのが弥八どののあるじということでは」

「弥八は俺の大事な友垣だ。家臣や配下などではない」

　俊介はきっぱりといいきった。

「俊介どのは、先ほどからそれがしのことをじっと見ておられたな」

ほう、気づいていたのか、と俊介は、この白川という同心が町人たちに恐れられているわけを納得した。

「俊介どのの目は少し人とは異なる光を放っているようだ」

「それは知らなかったな」

「威厳を感じさせる瞳だな」

「そちらのおなご二人も、俊介どののお連れだな」

白川の目が良美と勝江に当てられる。

「そうだ。名は良美どのと勝江だ」

どうせきかれるだろうから、その前に俊介は伝えた。

「お二人も江戸のお方だな。勝江どのは良美どのの侍女でござろうか」

「勝江は私の友垣です」

ぴんと張りのある声で良美が告げた。勝江が喜びの顔を見せる。

「ほう、友垣でござるか」

釈然としない表情でしばらく良美と勝江を交互に見ていたが、白川は思い直したように顎を上げた。やや暗さを感じさせる光を瞳に宿して、俊介を見つめる。

「ご一行は、これからどちらへ向かわれるのかな」

「甲斎先生の診療所だ」

それを聞き、白川が俊介をまじまじと見る。

「そうか、医篤庵《いとくあん》に行く途中だったのか。先ほど湊川屋も足を運んだようだが。俊介どのは頭がお悪いのか」

いわれて、俊介は苦笑を漏らした。

「確かに俺のおつむはよいとはいえぬが、そうではない。知り合いが甲斎先生に世話になっているのだ」

「それは失礼を申し上げた。では、その知り合いの見舞いに行かれるのだな」

「さよう。もしその者が快癒していたら、一緒に江戸に帰るつもりでいる」

「医篤庵までの道はおわかりか」

この弥八が知っている、といおうとして、俊介はとどまった。なにか余計なことのような気がした。

「うむ、わかっている」

それだけを俊介は口にした。

「さようか。では、気をつけて行かれよ」

「かたじけない」

会釈をした俊介は袴《はかま》の裾をひるがえして歩き出そうとした。すぐに足を止め、白川にただす。

「先ほどの湊川屋だが、名はなんという」

「俊介どの、なにゆえそのようなことをきかれるのか」

「湊川屋のことがちと気にかかった。あの男とはまた会うのではないか。そんな気がしてならぬ」

「さようか。俊介どのは勘がよさそうゆえ、本当にそうなるかもしれぬな。湊川屋は豊兵衛《とよべえ》という名だ」

「豊兵衛か、覚えた」

白川に改めて礼をいい、俊介は体を返して歩き出した。弥八と良美、勝江が後ろに続く。

白川が、俊介たちの背中をじっと見ている。その眼差しは強く、感じ取れないほうがどうかしていよう。

あの白川という同心は自分たちのことをどう見たのだろう、と歩を運びつつ俊介は考えた。少なくとも、怪しい連中と考えたのは紛れもない。でなければ、これほど強い目を当ててくるはずがない。

「それにしても、弥八のいった通り、本当にあらわれたな」

白川から二十間は優に離れ、目を感じなくなったところで、俊介は弥八に語りかけた。

弥八は俊介の前に出て、また先導をはじめている。

「ひったくりのことだな。俺もびっくりしたよ」

「弥八さん、すごかったですね。私、弥八さんがむささびのように飛んだことに仰天しました」

目を大きく見開いて勝江がほめたたえる。良美も弥八の身ごなしには、心の底から驚いたようだ。表情からそのことが知れた。

「むささびか。勝江さん、俺はそんな恰好をして飛んだか」

「紋助というあのひったくりの前に立ちはだかったときは、まさにそんな感じでした。むささびの弥八とか、そのような異名はないのですか」

「そんな呼ばれ方をしたことは一度もないが、むささびの弥八か、悪くないな。これからはそう呼んでもらうことにしようか」

「承知いたしました。私だけでも呼ぶようにします」

「私も呼びます」

「良美さん、ありがとう」

「――ところで、むささびの弥八とやら」

前を行く背中に俊介は呼びかけた。

「先ほどの白川という役人と、本当に面識はないのか」

その問いに応じ、弥八が振り向いた。苦笑している。

「さすがに俊介さんだ。実は一度会ったことがある。もう何年も前の話だが」

「あの町方となにがあった」

「例の武家の女房と、出合い茶屋で逢《あ》い引《び》きをしていたときだ。その茶屋で人殺しがあったんだ」

「ほう、人殺しが――」

「その出合い茶屋にしけ込んでいた男が、相手の女を匕首《あいくち》で滅多刺しにしたんだ。

二人のあいだで別れ話でも出たのか、とにかく色情に迷ったのはまちがいなかろう」

弥八がいったん間を置く。

「だが、ことは、それだけで終わらなかった。目を血走らせ、返り血を一杯に浴びた悪鬼のような男が刃物を振り上げ、叫び声を上げて茶屋の中を駆け回りはじめたんだ。茶屋は上を下への大騒ぎになった。そんな中、俺がその男を取り押さえたんだ」

「その人殺しの男を引き渡したのが、先ほどの白川という同心か」

「そういうことだ。あの同心にとって、下手人《げしゅにん》を俺から引き渡されたのは二度目になる」

「弥八、なぜその出合い茶屋のことを白川に話さなかった」

「昔のことだ、七面倒ではないか」

話の流れで俊介たちに語ったとはいえ、弥八としては、その武家の女房のことはあまり思い出したくなかったのかもしれない。特に、町方役人とのあいだでその話題が出ることは避けたかったのではあるまいか。俊介はそんな気がした。

「――ここだ」

不意に歩調をゆるめた弥八が手を上げた。

俊介たちの前に切妻づくりの屋根がついた立派な門があり、『医篤庵』と記された看板が掲げられていた。門の向こうに、母屋《おもや》らしい建物の屋根が見えている。

「ほう、ここがそうか」

俊介の胸がひときわ高鳴る。ようやく仁八郎に会えるのだ。

広島で別れたあと、これまでひと月ばかり離れていたに過ぎないが、もう何年も会っていないような心持ちになっている。

仁八郎は元気になっただろうか。なっていてくれ。俊介は祈るような気持ちだ。

先ほどまでは、仁八郎の顔を久しぶりに見られるだけで十分だったが、こうして仁八郎が世話になっている診療所の建物を目の当たりにすると、やはり宿病が治っていてほしいという思いで心が一杯になる。

「俊介さん、入らないのか」

弥八にいわれ、俊介はすぐさまうなずいた。

「もちろん入る」

いている。

どこかの城から移築してきたのでは、と思わせるほど重々しい門扉は大きく開いている。

石畳を踏んで母屋の前に立つと、煎《せん》じ薬のにおいが鼻先をかすめていった。母屋は平屋で、裏長屋一棟ばかりの広さがある。

戸口には格子戸がはまっており、それを開けると、三畳ばかりの土間が広がっていた。俊介は躊躇《ちゅうちょ》することなく足を踏み入れた。

上がり框《がまち》の先には一段上がった明るい八畳間があり、そこは待合部屋のようだ。診療を待っている患者らしい者が六人おり、俊介たちに向かって丁寧に頭を下げてきた。いずれも町人であろう。

土間に立った俊介たちも挨拶を返した。

「いらっしゃいませ」

俊介たちの気配を感じ取ったらしく左側の襖《ふすま》が開き、若い男が姿を見せた。ややゆったりとした薄い紺色の着衣を身につけている。甲斎の助手をつとめている者だろうか。俊介たちの前に正座し、見上げてきた。

「皆さま方は、診療を受けにいらしたのですか」

そうではない、と俊介はかぶりを振った。

「それがし、俊介と申す。皆川仁八郎という者が、こちらにお世話になっているはず。我らは仁八郎の縁者です」

仁八郎と聞いて、若い男が眉を曇らせる。

「どうかされたか」

俊介に問われて、若い男がすぐさま笑顔になった。だが、つくり笑いであるのは明らかだ。

「俊介さまですね。承知いたしました。こちらでお待ち願えますか」

柔らかな仕草で若い男が待合部屋を指し示す。承知した、と俊介が答えると、若い男は左側の部屋に姿を消した。

俊介たちは待合部屋に上がり、正座した。

仁八郎の身になにかあったのだろうか。

胸騒ぎがする。

まさか仁八郎が死んでしまったのではあるまいな。

――いや、もし仁八郎の身に万が一のことがあれば、先ほどの若い男はいわずにおらぬはずだ。

今は待つしかない。俊介は自らにいい聞かせた。

待合部屋にいた六人の患者は、一人ずつ呼ばれては隣の診療部屋に入ってゆく。患者は診療を順番に受けたのち、感謝の意を告げて医篤庵を出ていった。そのあいだ、医篤庵に入ってくる者は一人もいなかった。

ついに待合部屋は俊介たちだけになった。

「大変お待たせして、まことに申し訳ありません」

再び俊介たちの前に若い男があらわれたのは、俊介たちが待合部屋に落ち着いて、およそ一刻が経過したあとだった。俊介たちに向かって、若い男は深々と頭を下げる。さすがに恐縮していた。

「本日の患者さんはすべて終わりました。先生がお待ちです。どうぞ、お入りください」

若い男の案内で、俊介たちはぞろぞろと診療部屋に入った。

ふくよかな顔つきで目つきも優しげだが、どこか武人のようにきりっとした雰囲気を身にまとった男が、文机《ふづくえ》を背に座っていた。

この人が甲斎先生だろう。このお方ならば、と俊介は思った。患者たちは万全の信頼を寄せるのではあるまいか。

なにしろ、無二の腕達者という感じがするのだ。患者は一目見て、この人のいう通りにしていれば必ず病は治るという気持ちを抱こう。助手の若い男と同じように、淡い紺色の着物を身につけて正座している。

「手前が甲斎です」

朗々とした声で医者が名乗った。

甲斎の前に端座した俊介たちは、次々に名乗り返した。

それに甲斎がいちいちうなずいてみせる。

「俊介さんたちがいずれ見えるであろうことは、仁八郎さんからうかがっています。俊介さんは、仁八郎さんの縁者とのことでしたな」

「そうです。江戸から九州までの旅を一緒にしておりました。その途中、広島において仁八郎の病が知れ、甲斎先生の診察を受けるようにと船で大坂へ行かせたのです」

うんうん、と甲斎が首を上下させる。

「そのこともうかがっています。仁八郎さんが早めに来てくださり、本当によかった」

「では、治ったのですか」

「いや、まだ本復とはいえません」

難しい顔をして、甲斎が腕組みをした。

「先生、仁八郎は今どうしているのですか」

「おそらく彦根《ひこね》におりましょう」

「えっ、彦根っ」

思いも寄らない返答である。一瞬、彦根という地がどこなのか、俊介は戸惑った。

近江《おうみ》の琵琶湖《びわこ》の東岸にある町ではないか。譜代《ふだい》筆頭の井伊《いい》家三十万石が居城を置いている地である。

弥八たちも驚きを隠せずにいる。

「仁八郎が彦根にいるとは、いったいどういうことでしょう」

俊介の問いに、むずかしい顔を上げた甲斎が腕組みを解いた。

「実は、こういうことがあったのです」

いかにも重そうに甲斎が口を開く。

「ここで仁八郎さんの世話をしていたのは、千彩《ちさ》という者でした」

「千彩どの――」

「うら若き女医者です。半月ばかり前、驚いたことに千彩の実家である彦根の診療所が押し込みに遭い、父親の早紹《そうしょう》さんが殺されたのです。その報を聞いて、千彩は急いで彦根に戻りました」

「その千彩どのに、仁八郎はついていったのですか」

「そうではありません。仁八郎さんが千彩についていこうとしたのはまことのことですが、まだ治療が終わっていないからと、手前が止めたのです。仁八郎さんは、そのときはおとなしく手前の言を聞き入れてくれました。――しかし」

甲斎の声がやや大きくなった。

「その後、千彩が彦根の役人に捕まり、牢屋に入れられたという話が知らされたのです。それが、キリシタンとして捕らえられたというから、手前も仰天いたしました」

「キリシタン——」

あまりの驚きに俊介はそれ以上、言葉がない。弥八や良美、勝江も同じである。

「千彩が投獄されたと知って、仁八郎さんはいてもたってもいられなくなったのでしょう。もちろん手前も同じでしたが、患者を放って彦根に行くわけにはまいりません。手前は、もし彦根なんぞに行ったら命に関わる、ときつく仁八郎さんに申し伝えました。しかし結局のところ、仁八郎さんはこの診療所から姿を消しました。それだけ千彩のことが心配でならなかったのでしょう」

「仁八郎が姿を消したのはいつのことです」

「おとといの朝、仁八郎さんはいなくなっておりました。荷物もありませんでした」

二日前か——。

「大坂から彦根までどのくらいかかりますか」

きかれて甲斎の目が畳を見つめる。

「途中、二泊はしなければならないでしょうね。二十七、八里は優にありますから」

　そんなにあるのか、と俊介は思った。なんとなく大坂から大した距離ではないような気がしていたが、実際には江戸から相州の小田原へ行くよりずっと遠いのだ。

　彦根といえば、中山道《なかせんどう》沿いにある町である。往《い》きは俊介たちも中山道を来たから彦根を通っているが、泊まってはいない。もともと彦根という宿場はない。

「仁八郎は、その千彩どのという女医者に惚れているのでしょうか」

　甲斎を見つめ、俊介は新たな問いを放った。

「まちがいないでしょう。医者が懸命に治療する姿を目の当たりにして、恋心を抱く患者は珍しくはありませんから。しかし、だいたいの場合、それは勘ちがいなのですが」

　咳払《せきばら》いをして、甲斎が居住まいを正す。

「仁八郎さんから俊介さん宛てに手紙を預かっています。こちらです」

　文机の引出しから一通の文を取り出し、甲斎が俊介に手渡す。

「かたじけない」

　一礼してから俊介は文を開いた。

『俊介さま。それがしはこれより彦根にまいります。まことに勝手をいたしますが、どうか、お許しくださいますよう』

記されているのは、ただこれだけである。仁八郎はよほど急いで旅立ったのだろう。彦根までの道中、どうするつもりでいるのか。旅籠《はたご》に泊まるのだろうか。それとも宿は取らず、夜を徹して歩く気でいるのか。

彦根に着いてからはどうするのだろう。旅籠に逗留《とうりゅう》するのか。それとも、彦根の町での野宿を覚悟しているのか。

仮に野宿する気だとしても、食事はしなければならない。食い物を入れなければ身が保たない。仁八郎は先立つ物を持っているのだろうか。

「仁八郎は路銀を所持しているのでしょうか」

俊介は気がかりを口にした。

「幾《いく》ばくかのお金は持っているようでした」

それは広島で別れたとき、俊介が渡した金であろう。

「でしたら、こちらの診療代はまだ払っていないのですね」

「ええ、そういうことになります」

少しいいにくそうに甲斎が答えた。

「先生、仁八郎の治療代はおいくらになりましょう」

甲斎をまっすぐに見て、俊介はきいた。金のことは、うやむやにしないほうがいい。あとの諍《いさか》いのもとだからだ。

「お金のことはまだけっこうですよ。仁八郎さんの頭が治癒したときに、いただくつもりですから。しかし、だいたいどのくらいなのか、俊介さんも気になりましょう。仁八郎さんの治療代は、これまで七両二分といったところです」

七両二分ならなんとかなる。

「先生、治癒までにまだときはかかるのですね」

「申し訳ないが、そうなりましょう。ですので、治癒までに九両ほどはかかるものと思われます」

「わかりました。今お支払いいたします」

「いえ、まだけっこうです。俊介さん、治癒したときで本当によろしいのですよ。九両より少なく済むかもしれませんしね」

「しかし――」

「本当にそれでよいのですよ」

温かみを感じさせる口調で甲斎がいった。にこにこと笑う温顔を見ていたら、俊介はそれ以上、あらがえないような心持ちになった。

「――わかりました。仁八郎の治療代は治癒した暁に全額、お支払いいたします」

「それは心強いお言葉だ。ただし、俊介さん、決してご無理はなさらないように。ときおり、治療代や薬代のためによからぬことをしでかしてしまう方がいるのです。俊介さんはお若いが、すべてを心得ているお方のようですから大丈夫だと手前は確信しております。しかし犯罪に走られるくらいなら、手前はお金などいりません」

「よくわかりました」

仁八郎、と俊介は心中で名を呼んで、その顔を思い浮かべた。仁八郎はどこか困ったような表情をしている。

今頃どうしているのだろう。おそらくおとといの夜、この診療所をこっそりと抜け出て、そのまま休むことなく彦根に向かったとして、途中で倒れたなどということはないだろうか。

体調が万全でないのに、なんという無茶をするのだろう。

俊介は怒りが込み上げてきた。

もっとも、仁八郎の気持ちはわからないでもない。もし良美がキリシタンとして捕まったら、自分だってどんなことがあろうともその場に駆けつけるに決まっているからだ。

それにしても、今の時代にまさかキリシタンとは。キリシタンのことなど、これまで一度たりとも頭に浮かんだことはなかった。所領の松代《まつしろ》には、キリシタンはいないのだろうか。

松代にはまだ一度も足を運んだことがないから俊介にはなんともいえないが、あの地は山中にあると聞いている。

キリシタンといえば、やはり西国だろう。しかも、海で異国とつながっているところが多いのではないか。東国の山中の地である松代でキリシタンというのは、どうにも考えにくい。

だが、山の中だからキリシタンはいないとは言い切れないだろう。キリシタンが崇《あが》める耶蘇教《やそきょう》が、新たな信仰者を獲得してゆく伝播《でんぱ》の力は、ことのほか強いと聞いている。

それにしてもなにゆえキリシタンは、と俊介は新たな思案にふけった。為政者からこれほどまでに忌み嫌われなければならぬのか。

おそらく、耶蘇教が一神教ということが関係しているのだろう。為政者を差し置いて、耶蘇と呼ばれる耶蘇教の神が領民たちにとって第一の存在になることを、上に立つ者はなによりも恐れているのである。

領民たちにとり、神である耶蘇のほうが為政者より大事ともなれば、いずれ年貢の取り立てにも障りが出てくるのは必定だ。

それに加え、寛永《かんえい》の昔に勃発した島原の乱のこともある。島原の乱は為政者の圧政に対し、キリシタンが中心になって立ち上がった一揆《いっき》がきっかけとなって、大規模な乱へとつながった。

政《まつりごと》を執り行う者たちは、島原の乱の再現をなによりも恐れているはずである。

「その後、千彩どのについて、なにか入ってきましたか」

身を乗り出し、俊介は甲斎にきいた。

「いえ、なにも」

甲斎が無念そうに首を横に振る。

「先生、千彩どのはまことキリシタンなのですか」

「とんでもない」

顔を上げ、甲斎が大きく手を振った。

「ここにいるあいだも、そんな素振りなど一切ありませんでした。彦根の臨済《りんざい》宗《しゅう》のお寺さんが檀那寺《だんなでら》で、そこの和尚さんとすごく仲がいいことを自慢していましたし、彦根の宗門改《しゅうもんあらため》帳《ちょう》にも千彩の名はしっかりと記載されているはずです。ですから、千彩がキリシタンであるなど、あり得ません」

宗門改帳は宗門人別改帳とも呼ばれ、檀那寺の認印とともにその名が記されることで、その者がキリシタンでないという確かな証《あかし》になるものだ。

だが、千彩の名が宗門改帳にあることは彦根の役人もつかんでいたはずだ。それにもかかわらず、キリシタンとして千彩を捕らえたのである。

千彩が捕まる前には、父親の診療所が押し込みにやられ、父親が殺された。

――なにかある。

俊介は確信した。

きっと仁八郎も同じことを考えたのだろう。もっとも、仁八郎の頭にはとにかく千彩を救い出すことしかなく、裏にあるなんらかの陰謀めいたものを暴き出そうというつもりはないのかもしれない。ただ好きな女の危機を、手をこまねいて見過ごすことなどできず、矢も盾もたまらず彦根に向かって走り出したにちがいない。

「彦根で、あるいは彦根を本拠としている井伊家で、なにか異変が起きたというような話を、お聞きになってはいませぬか」

「異変ですか」

眉根を寄せて甲斎が考え込む。

「一つあります。相手が俊介さんたちだからお話しすることですが」

つまり、他言無用ということだ。俊介たちは一様に背筋を伸ばした。

「このことは、井伊さまのご家中でも秘されているようですが、今、ご当代が重篤の病で臥せられているようなのです。これは、手前が医者だから耳にできたことです」

今の井伊家の殿さまは、直央《なおなか》である。歳《とし》は知らないが、まだ四十にはなっていないのではないか。

「重篤というと、直央公はお命が危ういのでしょうか」

「詳しいことはわかりませんが、おそらくそういうことだと思われます」

「でしたら、すでに井伊家中において跡目争いがはじまっているというような噂《うわさ》を、お聞きになってはおりませぬか」

ふむ、とつぶやいて甲斎が首をかしげる。

「今のご当代は子だくさんで知られていますから、その点でいえば、跡目争いの芽はなくもないといえるのでしょう。ただし、次のご家督はいま江戸にいらっしゃる直晃《なおあき》さまにすでに決まっております。直晃さまはとうに将軍家にお目通りも済ませてあるようですし、もし万が一、直央さまがはかなくなられたとしても、井伊さまのご家中で家督争いが起きるとは、手前には思えません」

「さようですか」

だが、千彩の父である早紹や千彩自身を巻き込んだ一連の事件は、やはり直央の病が引き金になっているのではないか。俊介はそんな気がしてならない。

甲斎が唇を湿らせた。

「実をいうと、手前はおとといの昼、若い者を一人、彦根へやったのですよ。手前も、千彩についての詳しい事情や押し込みに関して知りたくてならなかったものですから。もし彦根で仁八郎さんを見つけたら、首に縄をつけてでも連れ帰るように、その若い者にいいつけました」

その気持ちはとてもありがたいが、と俊介は思った。

「あの男を力ずくで連れ帰るのは、まず無理でしょう」

「それは手前もわかってはいるのですが。仁八郎さんは剣の達人と聞きました」

「紛れもなく天才です。だからといって、人を害することはないでしょうが、あの男の首に縄をつけられる者は、そうはおりませぬ」

「俊介さんくらいですか」

「いえ、それがしにはとても」

「しかし、剣の腕は及ばずとも俊介さんに仁八郎さんが心服しているのは、口ぶりからよくわかりましたぞ。ここにいるあいだも、俊介さんのことはしきりに噂しておりました」

「さようですか。よい噂ならうれしいのですが」

「よい噂ばかりでしたよ。人思いでお優しい、その上に果断だと」

「それはほめすぎでしょう」

これ以上、甲斎に聞くべきことはなかった。甲斎に深く礼をいった俊介たちは荷物をまとめ、立ち上がった。

「俊介さん、もし千彩のことでなにかわかれば、お知らせ願えまいか」

同じように立ち上がった甲斎に懇願された。

「お安い御用です。必ずお知らせいたします」

「ありがとうございます」

甲斎が深く頭を下げる。

俊介たちは門をくぐって、医篤庵の外に出た。門脇に立った甲斎の見送りを受けて、東に向かって歩きはじめる。

「俊介さん、これからどうする」

甲斎の姿が見えなくなったところで足を止め、弥八がきいてきた。

俊介は空を見上げた。日の長い時季だが、すでに夕暮れの気配が漂っている。

「もう暮れ六つが近いな。今宵は大坂で宿を取ることにしよう」

「それがいいだろうな。明日早く、宿を出立するのがよかろう」

ふと、左側の辻《つじ》からふらりと一人の侍があらわれた。一瞬、似鳥幹之丞かと思い、俊介は刀に手を置いて身構えかけた。

「おやおや、ずいぶんと剣呑《けんのん》な真似をする」

ゆっくりと近づいてきたのは、先ほどの白川という町廻りの同心である。中間はもう帰したのか、一人だ。

「俊介どの、まさか命を狙われているのではあるまいな」

「そうだといったら」

「誰に狙われているのだ」

「それはいえぬ」

白川が目を光らせ、俊介をじっと見る。

「俊介どのはいったい何者だ」

「何者でもない。ただの旅の者だ」

「ただの者には見えぬな。人品骨柄卑しからぬ人物だ。身分のある方であろう、と俺は確信している」

それに対して俊介は無言を貫いた。

「俊介どののたちは、今から大坂で宿を取るのか。いや、聞き耳を立てていたわけではない。自然に聞こえてきたのだ。明日早く出立するといったが、大坂見物もせずに江戸に向かうのか」

「江戸ではない。彦根に行く」

別に隠し立てするようなことではなく、俊介は教えた。

彦根とはさすがに意外だったようで、白川は興味深げな顔になった。

「彦根へなにしに行かれる」

「医篤庵で世話になっていた知り合いが消えた。その者が彦根へ向かったゆえ、俺たちはあとを追うのだ」

「医篤庵に世話になっていたその知り合いの名をうかがってもよいか」

「皆川仁八郎という」

「仁八郎どのはなにゆえ彦根へ向かった。消えたというのは、診察所を黙って抜け出したのだろう」

「惚れた女医者を救うつもりでいるのだろう」

「女医者——」

つぶやいて白川が首をかしげた。

「医篤庵の女医者というと、千彩どののことか。ああ、父親の診療所が押し込みに遭って殺され、千彩どのは彦根に帰ったらしいな。仁八郎どのは押し込みの探索と仇討《あだうち》に、力を貸すつもりでいるのか」

「そうではない。千彩どのがキリシタンとして捕らえられたから、仁八郎は彦根に行ったのだ」

キリシタンと聞いて、白川の顔に驚愕の色が刻まれる。腰のあたりがぴくりと浮くように動いた。

「千彩どのがキリシタンだと。そんな話は聞いておらぬ」

「彦根での出来事だ。大坂までなかなか入ってくるまい」

「彦根には弟がいるのだ。俺と同じく町奉行所の同心をつとめている。その弟が、大事が起きれば知らせてくれる手はずになっている」

「ほう、弟御がな」

「ことがキリシタンゆえ、さすがに知らせがたいのかもしれぬ。あるいは、なにも知らされておらぬのか。——俊介どの、もし彦根で難儀なことがあったら、我が弟を頼ってくれればよい」

「それはありがたいが、いくら弟御とはいえ、大坂の町奉行所同心である白川どのがそこまでいってかまわぬのか」

「かまわぬさ。俺の名を出せば、やつはなんでもしてくれよう」

「白川どの、なにゆえ我らにそこまでしてくれる」

「なに、礼だ」

白川の目が弥八に向いた。

「弥八どのは、俺に紋助を引き渡してくれた。おかげで俺はなにもせず、手柄を立てることができた。その礼よ」

「そういうことか。彦根にいる弟御の名はなんという」

「北川庫三郎《きたがわくらさぶろう》だ。庫三郎は、彦根町奉行所同心の北川家に婿《むこ》に入ったのだ」

「わかった。なにかあったら、必ず北川どのにつなぎを入れることにしよう」

「そうしてくれ」

まだ俊介たちに用があるのか、白川はその場を立ち去らない。

「——弥八どの」

きらりと目を光らせて白川が呼びかけた。

「俺は、実はおぬしを待っていたのだ」

「俺を」

どういうことなのか、瞬時に俊介は解した。

「ようやくにして、俺はおぬしのことを思い出したのだ。以前、おぬしと会ったのは、出合い茶屋の嘉喜田屋《かきた》だったな」

案の定だ。

「——嘉喜田屋。はて、なんのことかな」

「とぼけずともよい。あの茶屋で人殺しがあり、そのときおぬしが下手人を捕らえてくれたではないか」

「ほう、そうだったか」

「あくまでもとぼけるつもりか。昔のことゆえ、もはや触れられたくはないのだな。嘉喜田屋のことについて、俺は改めて礼をいいに来たのだ。あのときおぬしは、下手人を引き渡すやいなや、俺の前から消えてしまったからな。礼をいう暇もなかった。いま感謝の言葉を述べさせてもらう。あのときはかたじけなかった。おぬしのおかげで、ほかに死者を出さずに済んだ。――ところで弥八どの、おぬし、いったい何者だ」

「ただの旅の者だ」

「俊介どのと同じ答えか。だが、二人ともただの旅の者には見えぬ」

「見えんのはそちらの勝手だな。俺たちはまちがいなく旅の者だ」

　白川が苦笑いを漏らす。

「まあ、今はそういうことにしておくしかないようだな。俊介さん、今宵《こよい》の宿を大坂で取るのなら、桜井屋《さくらいや》がよかろう。小さな宿だが、あるじが旅人のことを心から考えてくれている。真心の籠もったもてなしを受けられるぞ」

「それはありがたい。桜井屋は近いのか」

「この道をまっすぐ行って、橋を二つ渡ればよい。最初の辻にある天神さんの横だ」

「では、その桜井屋に今宵は世話になることにしよう」

満足げにうなずく白川に礼をいって、俊介たちは歩き出した。またも白川が俊介たちをじっと見ているのを背中で感じる。

白川という同心は、と俊介は振り返ることなく思った。いまだに俺たちを得体の知れぬ連中だと考えているのだろう。

その思いは解決されることなく、さらに深まったのではないだろうか。

二

雁首《がんくび》を並べている。

この者たちは、と目の前に端座している四人を見つめて青帆《せいほ》は思った。ただここにいるだけだ。

なにしろわしの言いなりなのだから。

四人とも、井伊家の御典医である。隣の間でこんこんと眠り続けている殿さまの直央を診ることに、重きを置いている者ばかりだ。

いずれも腕のよさを見込まれてこの地位に昇ってきた者ではあるが、だからといって、青帆の意見にあらがう真似は一切しない。

青帆を含めた五人の合議によって、直央にどんな薬を用いるか決まるが、これまで青帆の意見が覆ったことは一度もない。すべて青帆のいう通りになっている。

「では、今日も抽航散《ちゅうこうさん》に莫救散《ばくきゅうさん》を併せて用います。異存はありませんな」

形ばかりに青帆は四人にはかった。

「はっ、異存はございません」

頭を一斉に下げて、四人の医者が声をそろえる。

「それは重畳《ちょうじょう》」

青帆が顔をほころばせると、四人の医者たちに安堵の色が浮かんだ。

抽航散も莫救散も、卒中に効くとされている薬である。

とはいっても、すでに半年近くも昏睡中である直央の目を覚まさせるほどの効き目はない。ただ、かろうじて命を長らえさせる力があるだけだ。

青帆としては、あとたった半月ばかり直央が生き延びてくれさえすればいい。

それで目的は達成されるのだから。

そう、ただの半月でいいのだ。頼むから、殿、保《も》ってくだされ。

青帆には、ほかに願いはない。とにかく、直央があと半月保つように祈るばかりだ。

声をわずかに励まして青帆は続けた。

「これもいつものように展快散《てんかいさん》を処方することになりますが、それについても異存はありませんな」

「ありません」

四人の御典医が、先ほどと同じ言葉を口にした。

展快散は卒中に著効ありとして青帆が御殿に持ち込んだのだが、青帆以外の四人はそんな薬があることを、そのときに初めて知ったのだ。展快散のことは、どんな書物にも記されていない。それだけの秘薬といってよい。

若い頃、青帆は偶然、そんな薬があることを知ったのだ。

実際のところ、展快散は卒中にはまったく効き目はない。肝の臓に強い影響を与えることだけはわかっている。

この、肝の臓に、というのがまさに肝《きも》なのである。

今日も展快散を用いることに他の御典医たちが反対しないことに青帆は安堵したが、一人、丹究《たんきゅう》という最も年若の御典医が、かすかに顔をしかめたのをはっきりと見た。

「丹究どの、なにか」

即座に鋭い口調で青帆はただした。

「えっ」

びっくりしたように丹究が顔を上げ、青帆を見返す。その瞳には反抗の色はまったくなく、弱々しさを感じさせる光が鈍く宿っているに過ぎない。

「丹究どの、わしの意になにか不満があるのではないのか」

「滅相もない」

あわてて丹究が眼前で手を振る。

「手前のような若輩者が、御典医筆頭であらせられる青帆さまの意に不満など持つはずがありません」

「しかし丹究どのは、いま不満そうな顔をされたではないか」

「ち、ちがいます」

泡を食ったように丹究が否定する。

「なにがちがうのかな」

「ちと、奥歯に虫歯がありまして。それが急に痛んだものですから」

「虫歯となー」

──なんだ、そういうことだったか。当たり前だ、この気弱な男にわしに歯向かう度胸があるはずがない。

胸をなで下ろした青帆は、右隣にいる杢謹《もくきん》に目を当てた。

「この中で口中医もできるのは杢謹どのだけです。杢謹どの、さっそく診てやってくれませんか」

「お安い御用です」

うなずいて杢謹が丹究ににじり寄る。

「丹究どの、口を開けてください」

素直に丹究が大きく口を開けた。

「どれどれ」

首を伸ばした杢謹が、丹究の口中をのぞき込む。

「ああ、この奥歯ですか」

道具箱から歯やすりを取り出し、杢謹が軽く奥歯を叩いた。

「あっ、い、痛い。ええ、ええ、それです」

ふむう、と杢謹がうなり声を出した。

「だいぶ悪いですね。丹究どの、前から痛かったのではありませんか」

「は、はい、実を申せば」

「もっと早くいってくれればよかったのに。ここまで悪くなっていると、もはや抜くしかなりません」

「えっ、さようですか」

口を開けたまま丹究が落胆する。

「いま抜いておけば、あとが軽く済みますよ」

「あの、今こちらで抜くのですか」

いいえ、と杢謹がかぶりを振る。

「殿のおそば近くでは無理です。明日の朝、出仕前に手前の屋敷にいらしてください」

「は、はい、わかりました」

「丹究どの、口を閉じてもらってけっこうですよ」

ため息をついた丹究は肩を落とし、悄然《しょうぜん》としている。

「丹究どの——」

厳しさをにじませて青帆は呼びかけた。

「虫歯の治療を受けることは誰でも苦手としている。だが、終わってしまえば必ず楽になれる。杢謹どのの腕は確かだし。——丹究どの、よろしいか、明日の朝、必ず杢謹どのの屋敷に行くように。約束破りは許されませんぞ」

「は、はい。よくわかっております」

あわてたように丹究が答えた。

「よろしい」

満足した青帆は深くうなずき、宣するように続けた。

「では、ただいまより殿へのお薬の処方を行います」

青帆たちの前にある角火鉢の上に鉄瓶が置かれ、すでに湯気を上げはじめていた。じき沸騰するだろう。

「——懐東《かいとう》どの」

青帆は、正面にいるやや歳のいった医者を呼んだ。

「抽航散と莫救散を煎じてくだされ」

「承知いたしました」

かたわらに置かれた薬箱の引出しを開けた懐東が、手際よく二種の薬包を取り出し、懐紙の上に置いた。ふつう薬を煎じる場合、まずは薬種を薬研《やげん》に入れ、薬研車でごりごりと押し砕くのだが、青帆はすでに抽航散と莫救散をおのれの屋敷で調合してきている。

この二つの薬は煎じずとも、じかにのませてもかまわないのだが、昏睡中の直央にそういう真似はできない。薬湯を、さじでなめさせるように飲ませなければならないのだ。

沸騰をはじめた鉄瓶が、角火鉢から下ろされる。懐東が二種の薬包の紙を破って薬を入れると、ごぼっという音が鉄瓶から立ち、大きな泡がぽこりと浮き上がった。それを見た懐東の手で、すぐに鉄瓶は角火鉢に戻された。

再び湯が沸騰すると、薬湯のにおいが漂い出し、五人の御典医が座している部屋は、ほの甘い香りで満たされた。

ゆっくりと胸のうちで三十を数えて、青帆は鉄瓶を角火鉢から下ろすように命じた。

これから、鉄瓶の薬湯が冷めるのをじっと待たなければならない。

今度は、水をたっぷりと張った新たな鉄瓶が懐東の手で角火鉢に置かれた。

「よし、展快散を入れてくだされ」

展快散は沸騰してからでなく、まだ水のときに鉄瓶に入れるのが肝要なのだ。

懐東が展快散を鉄瓶にすぐさま投入した。

湯が沸騰するやいなや、今度はやや苦さを感じさせる香りが立ちのぼってきた。

目がしばしばするのはいつものことだ。

しゅうしゅうと湯気を噴き上げる鉄瓶を見つめながら、青帆は胸中で百を数えた。膝を進め、自らの手で展快散の鉄瓶を角火鉢から下ろす。展快散の薬湯も、冷ます必要がある。二つの鉄瓶の薬湯がほどよく冷めるまで、半刻は優にかかる。

「では、このあいだに殿のご様子を診てまいりましょう」

一人、青帆は立ち上がり、鷹《たか》の描かれた襖を静かに横に引いた。

人形《ひとがた》に盛り上がった上質の布団が目に入る。襖を開け放したまま、直央の枕元に青帆は正座した。

直央の寝息は穏やかだ。荒さはまったくなく、健やかな眠りの海をたゆたっているように感じられる。卒中で倒れた病人にはまるで見えない。

青帆は直央の顔をじっと見た。

一時、肌の色が灰色がかったことがあったが、今は桃色になってきている。まるで若い娘のようだ。しかも、頬のあたりに脂の膜らしいものができている。

これはいい兆候である。三十年前に診た患者とまったく同じだ。

うむ、と青帆は心中で大きくうなずいた。

――殿は、わしが望んだ通りの顔色になりつつあるわ。やはり、もうじきだな。あと半月という見立てに誤りはなかろう。いや、この分ならもっと早まってもおかしくはない。

高鳴る胸を気持ちで押さえ込もうとするが、さすがにそれは無理だ。

――よし、この調子だ。この調子でいってくれい。

もはや、どんな奇跡が起きようとも、直央の意識が戻ることは二度とない。

ここまできた以上、誰の邪魔もさせん。邪魔する者は、早紹のようにすべてこの世からのけてやる。

とにかく、あと半月だ。いや、この殿のご様子では、やはり半月もいらないかもしれない。五日から十日ばかり見ておけば、十分かもしれない。

 しかし、よくここまで来たものよ。自分で自分をほめてやりたいくらいだ。

いや、だが、ここまで来られたのは自分一人の力ではない。湊川屋の力添えも、実に大きかった。

湊川屋豊兵衛は、とあの小ずるそうな男の顔を青帆は思い浮かべた。よくやってくれた。欲のかたまりのような男だが、それだけに金になる仕事は実に手際よくやってくれる。

湊川屋が、早紹の診療所を押し込む手配をしてくれたのだ。いったいどのような者を使ったのか。とにかくこれ以上ない働きといってよい。

おそらく、と青帆は一人の男の顔を思い浮かべた。湊川屋は、あの小柄な男を使ったのではないか。

前に湊川屋を訪れたとき、敏捷《びんしょう》そうな小さな体を持ち、目つきが鷹のように鋭い男を奥のほうで一度見かけたことがあるのだ。きっとあの男が、早紹の診療所の押し込みをしてのけたのにちがいあるまい。

青帆が名も知らないあの男は、湊川屋の暗部の仕事をすべて一人で請け負っているのではあるまいか。

早紹の娘の千彩も、横目付《よこめつけ》の手ですでに捕らえられている。キリシタンともなれば、仮に疑いが晴れるとしても、少なくとも半月以上は牢《ろう》に入っていることになろう。

それで十分なのだ。ここ半月ばかりは、あの千彩という女医者も早紹同様に、直央に寄せつけるわけにはいかない。特に千彩は、新しい医術を大坂で身につけているはずだ。なおさら直央を診せるわけにはいかない。

別に金で買ったわけではないが、さすがに辣腕で知られる横目付衆だけのことはあった。よい働きをしてくれた。でっち上げの証拠で、千彩を引っ捕らえてくれた。

喉のひだを這《は》い上がるように、笑いが込み上げてきた。

我知らず、くっくっと声を漏らしそうになって、青帆は奥歯をぎゅっと嚙み締めた。

隣の間から、四人の御典医がこちらの様子を興味深げに見守っているのだ。昏《こん》睡《すい》中の直央を前にして、笑っているところを見られるわけにはいかない。

そんなことになったら、すべてが台無しになりかねない。

なに食わぬ顔をつくって青帆は直央の手を取り、脈を診た。

弱々しいものの、いまだに規則正しく打っている。

これならまだ当分、保ちそうだ。

きっとうまくゆく。

直央の脈を診ながら、青帆は自信を深めた。

三

ふむう。

どこからか声が聞こえた。

はっとして、庵《い》原《はら》安《あ》房《わの》守《かみ》は部屋の中を見回した。

誰もいない。

行《あん》灯《どん》がともされてはいるものの、ほの暗さが支配しているこの部屋にいるのは自分だけである。

——つまり、今のはわしの声か。

うなるような声が出るのも当たり前だろう。

なにしろ今まで起きた一連の出来事が不自然そのものなのだ。

まず、早紹の診療所が何者かに押し入られ、腕のよさで評判の町医者が殺された。

その直後、大坂から急いで戻ってきた早紹の娘の千彩が、キリシタンの疑いをかけられて、横目付につかまった。今は入牢中の身である。

父と娘が相次いで危難に遭う。これが偶然であるわけがない。

殺された早紹の診療所から押し込みが金を奪っていったのは事実だが、それは大した額ではない。

同じ押し込むならば、もっと金になる商家は彦根にはいくらでもある。

早紹は金に恬淡《てんたん》としており、貯め込んでいた形跡はないのだ。

きっとあの押し込みは、青帆が仕掛けたのだ。殺すことが目的で押し込んだのだ、と安房守は確信している。

直央をつきっきりで診ている青帆は、腕のよさで評判の医者が、寝たきりの主君の治療にいずれ当たるだろうと予期していたに相違ない。

早紹殺しと千彩の捕縛という、このあまりに素早い動きは、そう考えないと辻《つじ》褄《つま》が合わない。

御典医筆頭である青帆は、卒中で倒れて意識のまったくない直央をことのほか熱心に診ている。

御典医は全部で五人いるが、あとの四人は青帆の言いなりである。合議の形を取ってどのような薬を用いるか、決めているようではあるが、青帆主導のもとに直央に投薬しているのは疑いようがない。

青帆の狙いはいったいなんなのか。

直央を殺すことが目的でないのは、はっきりしている。青帆が直央を生き長らえさせようと、必死になっているのは、まちがいないことなのだ。

直央を殺す気が毛頭ないことなど、その態度を見ていればよくわかる。自分は一度ならず、青帆の直央に対する治療のさまを目の当たりにしているのだ。

だが、きっと青帆にはなにか狙いがあるのだ。そうとしか思えないような雰囲気を、身にまとっているのである。

誰か重臣とつながっているのだろうか。やはり跡目争いに関することで、直央に対して企みを抱いているのだろうか。

それは家督争いか。

そうはいっても、直晃に決まっている次代の家督を覆すことなど、たやすくできることではない。

とにかく、と安房守はとうに断じている。青帆の腕では、直央を今の寝たきりから救うことは決してできない。

もう半年近く、直央の病状は変わらないままなのだ。直央は昏睡の海に深く沈んだまま、浮き上がってくる気配すらない。

卒中で倒れた以上、二度と意識が戻らないというのは、当たり前のことかもしれない。青帆はよくやっていると、家中の重職たちや直央の側近たちは見ているとの話も漏れ聞こえてくる。

しかしながら、安房守はどうしても青帆のやり方に納得ができずにいる。

ちがう医者が直央の治療に当たれば、きっと目を覚まさせることができるのではないか。

そう考え、安房守は新たな医者として、彦根の町医者として評判の高い早紹を城に招こうとしたのだ。

だが、その矢先、早紹は押し込みによって殺されてしまった。

これが青帆の使嗾《しそう》によるものなら、やはりあの医者はなにか企んでいるとしか考えようがない。

どうして新たな医者に直央を診せたくないのか。同じ理由から、千彩も罠《わな》にはめられたに相違ない。千彩は、大坂で名医として名高い甲斎のもとで学んできたのだ。新しい治療法を手のうちにしていないと考えるほうがどうかしている。

とはいえ、青帆がそうしなければならない理由が安房守にはわからない。

卒中は見せかけで、実は直央は青帆に毒を盛られて寝たきりになったのか。そのことを暴かれることを青帆は恐れているのか。

直央は寒い朝、朝餉《あさげ》の前にいきなり倒れたのだ。茶の一杯すら飲んでいない。そばにいた者だけでなく、直央の様子を耳にした誰もが卒中であると思ったものだ。

毒を盛ったとしたら、なにゆえ青帆がなんとか直央を生き長らえさせようとしているのか、そのわけもわからない。さっさと殺してしまったほうがいいはずである。

さっぱりわからぬ。

今の安房守はお手上げも同然である。

千彩の師匠である甲斎はどうか。あの医者は頭の病の治療で特に名が知られているが、本道にも外科にも長《た》けている。並みの医者ではとても及ばない腕を誇っている。

もし甲斎を直央のもとに呼ぼうとしたら、今度はあの名医の身に危害が及ぶことになるのだろうか。

きっとそうなるにちがいない。

となれば、甲斎を城に招くわけにはいかない。甲斎を失うことになれば、この日の本の国の損失といっていい。

背筋を伸ばし、安房守は腕組みをした。その途端、じじと音がして行灯の火が風もないのに大きく揺れた。黒い煙が天井を目指して上ってゆく。

なんとかして、と安房守はその煙を見守りつつ思った。青帆の企みを暴き出す手立てはないものか。

このところ、安房守はずっとそればかりを必死に考えている。

だが、今はまだ、これぞという案は浮かばない。

おのれの頭の巡りの悪さを呪《のろ》いたくなる。

まったく役立たずなおつむを持って生まれたものよ。こんなので次席家老がつとまるものか。

――くそう。

拳《こぶし》を固めた安房守は、おのれの無力を感じざるを得ない。

しかし、このまま手をこまねいている気はない。

なんとかしなければならない。

いったいどうすればいい。

いい考えは浮かばない。

堂々巡りだ。

やりきれぬ。

ため息をつき、安房守は目を閉じた。

じじ、とまた行灯が音を立てた。それはひどく耳障りな音に聞こえた。

第二章　兄弟同心

一

橙色《だいだいいろ》に染まっている。

「なんて美しい」

感嘆の声が俊介に届いた。目を向けると、良美が足を止め、菅笠を傾けて、眼前に広がる景色を見つめている。

行李を担いだ勝江もその後ろに立って息をのみ、声をなくしている。

良美にそっと肩を並べた俊介は、我知らず吐息を漏らした。良美の足が自然に止まったのもわかろうというものだ。

「琵琶湖《びわこ》の夕日はことのほか美しいとは聞いていたが、まさかこれほどとは」

暮れゆく太陽は低い山並みに触れんばかりの位置にあり、そこから発せられた一条の光の筋が湖面を貫くようにまっすぐ伸びてきている。その光は、うっすらとたなびく雲にはね返り、湖全体を柔らかく照らし出している。

波がほとんどない穏やかな湖上には、何艘《なんそう》もの小舟の姿が見えている。

これからねぐらに帰るらしい水鳥たちが、北の空に向かって羽ばたいている。

いくつもの小さな影が、静かな湖面をゆっくりと渡ってゆく。

その群れを追うかのように、一羽の鳥が羽音高く俊介たちの頭上をよぎっていった。

「ずっと見ていたい」

深いため息とともに良美がいう。良美の顔も橙色になっている。

「私もです」

夢見るような口調で勝江が応じた。

二人ともときを忘れたかのようにうっとりと、琵琶湖の夕日を眺めている。

中山道《なかせんどう》を行く旅人たちも、この夕暮れを目の当たりにして声を上げたりしては いるものの、ほとんどの者は足を止めることなく、夕闇の気配に追われるように先を急いでいる。わずかに残った青い空も、今や橙色に変わろうとしていた。

良美どの、と俊介は遠慮がちに声をかけた。

「まことに無粋で相すまぬが、そろそろまいろうか」

「あ、はい。すみません。つい見とれてしまい……」

「なに、これほどの景色はそうそう見られるものではない。見とれるのは当たり前だ。――弥八、行くぞ」

「あ、ああ」

弥八も呆然《ぼうぜん》としたかのような顔で、琵琶湖の夕日に目を奪われていた。

振り分け荷物を肩にかけ、我に返ったように弥八が中山道を歩き出す。

その様子を見て、勝江がくすりと笑う。

「弥八も、これほど美しい夕日を見るのは初めてか」

先導をはじめた弥八の背中に、俊介は声をかけた。むろん、と弥八が答える。

「日の本の国には数え切れないほど夕日の美しい場所はあろうが、その中でも琵琶湖の夕日は格別だろうな」

「まさしくその通りであろう」

左側に見える琵琶湖に目を向けて、俊介は首を縦に動かした。

「あの、俊介さま」

背後から良美が、弾んだ調子で声をかけてきた。

「なにかな」

俊介が振り返ると、にこにこしている良美と目が合った。

「なにゆえこの湖が琵琶湖と呼ばれているか、ご存じですか」

咄嗟《とっさ》には答えが出ず、むうっ、と俊介は言葉に詰まった。

「古来よりこの湖は淡海《おうみ》と呼ばれ、それが近江国の名の由来となったことは知っているが、なにゆえ琵琶湖という名がついたのか。……残念ながら俺は知らぬ。琵琶の伝説でもあるのかな」

「俊介さまでも、ご存じないことがあるのですね」

「自慢ではないが、俺はこの世で知らぬことのほうがはるかに多い。博識の伝兵《でんべ》衛《え》なら、知っていると思うのだが」

「伝兵衛さんとおきみちゃん、今頃どうしているのでしょう」

二人の面影が脳裏に浮かんできたらしく、わずかに暗さを帯びてきた湖に、良美が愁《うれ》いを含んだ目を向けた。勝江もどこかしんみりとしている。

「二人とも、無事に江戸へ帰り着いたに決まっているさ」

良美を元気づけたくて、俊介は快活な声音で告げた。

「なにごともなく二人が江戸に戻ったのなら、よいのですが。早く会いたいな」

良美がぽつりとつぶやく。

「すぐに会えよう」

「俊介さんのいう通りだ」

前を行く弥八が大きくうなずいてみせる。

「今頃、おきみはおっかさんに、芽銘桂真散《がめいけいしんさん》をのませているはずだ。おっかさんが以前の健やかさを取り戻せば、おきみはこれ以上ない幸せに包まれよう。――伝兵衛さんは、もともと殺しても死なないような男だ。なにも案ずる必要はない。無事におきみを家まで送り届けてくれたはずだ。――それよりも良美さん、琵琶湖という名の由来を、早く教えてくれないか」

意外ともいえる弥八の懇願に、良美が菅笠の中の顔をにっこりさせる。

「弥八さんもお知りになりたかったのですね」

「知りたくて知りたくて、さっきから尻のあたりがうずうずしっ放しだ」

わかりました、といって良美が緒をほどき、菅笠を静かに取った。

美しい顔を目の当たりにして、俊介は見とれた。琵琶湖の夕日より美しい、と思った。

「琵琶湖の名の由来は、この湖が琵琶の形をしているからだそうです」

「なんだって」

予想もしていなかった説明に、俊介は驚きを隠せない。えっ、と弥八もあっけにとられている。

「良美どの、それはまことなのか」

さすがに俊介は確かめずにいられなかった。

「はい、まことのことです」

自信たっぷりに良美が答える。

「だが良美どの、海のように広いこの湖がどんな形をしているのか、どうやってわかるというのだ」

わき上がってきた疑問を俊介はぶつけた。

そうきかれることを、良美ははなから予期していたようだ。

「この湖が琵琶湖という名で呼ばれるようになったのは、そんなに昔のことではないようです。せいぜい百年ばかり前のことでしょうか。当時の測量の技法でも、湖の形はつかめたにちがいありません。仮に測量によって知れたのでなくとも、高い山の上から湖を見たり、湖の真ん中に船を浮かべて四方の景色を眺めたりして、湖がどんな形をしているのか知ったのではないでしょうか」

船か。自分が乗っているような心持ちになって、俊介は考えてみた。

「なるほど、船から陸地を見回せば、このあたりはずいぶんと狭まっている、こっちはかなり広くなっているなどと、湖がどんな形をしているか、わかるかもしれぬ」

「今から四百三十年ほど前の書物にも、この湖は琵琶の形なり、との記述がなされているそうですよ」

なんとっ、と俊介は絶句しかけた。

「そんな昔に、琵琶湖の形がわかっていたというのか」

「昔の人の知恵には驚くしかないな」

弥八が舌を巻く。それを受けて、俊介はすぐに言葉を継いだ。

「昔からこの湖は、舟運が盛んだったと聞いている。良美どのがいうように、やはり船から見て昔の人は湖の形を知ったのであろうな。琵琶湖を船で行き来する者は、目印にするためにもまわりの地形を覚える必要があろう。それで湖がどんな形をしているか、覚《さと》ったにちがいあるまい」

琵琶湖という名の由来が琵琶の形であることに、俊介は納得した。


中山道が宿場に入った。

高宮《たかみや》宿である。

宿場内は祭りのようににぎわっている。日のあるうちに次の宿場を目指そうというのか足早に高宮宿を通り過ぎてゆく者も少なくないが、大勢の旅人がこの宿場で宿を求めようとしているからだ。

街道に出て、旅人に声をかけたり、手を引いたり、荷物を持とうとする客引きの姿も目立つ。まるで喧嘩《けんか》でもしているかのような声が行きかい、耳が痛くなるほど騒がしい。

井伊家が本拠を置く彦根には、北に鳥居本宿《とりいもと》、南に高宮宿という二つの宿場が設けられている。彦根は中山道からやや西へ外れた場所にあり、この町に用事がある者は、どちらかの宿場に宿を取らなければならない。

俊介としてはすぐさま彦根に赴き、仁八郎捜しをはじめたいが、根城とするためにまず投宿する必要があった。

俊介たちは、大堀屋《おおほりや》という旅籠を選んだ。建物はかなり古いが、その分、この宿場を昔から優しく見守ってきたような、しっとりとした雰囲気が気に入ったのである。

二階の奥の部屋に、俊介たちは腰を落ち着けた。行李を畳の上に置いた勝江は、さすがにほっとした顔だ。

「勝江、よくがんばりましたね」

正座した良美がねぎらいの言葉をかける。

「いえ、なんでもありません」

頭を下げて勝江が顔をほころばせる。

「あなたがいてくれるから、私はこうして旅ができます。勝江、私は心から感謝していますよ」

「良美さまにそうおっしゃっていただけると、疲れも吹き飛びます」

涙もろい勝江は、今にも泣き出しそうな顔になっている。

その主従の様子を見て、俊介も胸が温かくなった。弥八も目を和ませて、良美たちを見ている。

宿帳を書いている最中、宿の者にもうお風呂に入れますよといわれたが、俊介は彦根の町に出かけるつもりでいた。宿の者が宿帳を手に部屋を出ていったあと、そのことを皆に告げた。

良美が俊介の前に膝を進めてきた。

「俊介さま、私たちもご一緒させてもらってよろしいですか」

俊介をじっと見て、良美が申し出る。勝江も真剣な眼差しを俊介に注いでいる。

「ありがたいくらいだ。弥八はどうする」

「もちろんお供させてもらう。俺は俊介さんの用心棒を、伝兵衛さんから頼まれているんでな」

貴重品は身につけ、大事な荷物は宿に預けて俊介たちは大堀屋を出た。

空はまだだいぶ明るさを残しているが、宿の者が帰路のために提灯《ちょうちん》を貸してくれた。礼をいい、俊介たちは西へ向かって道を歩きはじめた。

二町ばかり歩くと、道は彦根の城下に入った。高宮宿に比べると行きかう人は少なく、閑静といっていいくらいである。

「さすがに武門として名高い井伊さまが治める町だけに、なにかぴんと張り詰めた空気を感じます」

同じものは俊介も感じており、自然に背筋が伸びるような気がしている。

「おや、まだ働いている者がいるようだな」

あたりを見回して弥八がいった。夕暮れは急速にやってきて、もう残照が西の空を染めているに過ぎない。あたりはかなり暗くなってきているが、なにかを金《かな》槌《づち》で叩くような音が聞こえてきているのだ。

「大工さんでしょうか」

耳をそばだてた勝江が口にする。

「そうではあるまい」

後ろを歩く勝江に、俊介はかぶりを振ってみせた。

「彦根は仏壇づくりで名がある。あの音は、その職人の発するものだろう。彦根の仏壇といえば、出来のよさで引く手あまただそうだ」

確かに、といって納得したように勝江がうなずいた。

「私も彦根の仏壇のことは耳にしたことがございます。江戸のお屋敷に出入りの商人が、うちのは彦根の仏壇ですからねえ、と鼻高々に自慢していたことを思い出しました」

「出来がすばらしく、細工もきめ細やかな分、彦根の仏壇は高価だそうだ。その商人が自慢するのも当たり前だな」

「俊介さま、この町が仏壇で有名になったのは、なにゆえですか」

不思議に思ったらしく、良美がきいてきた。

そのことか、と俊介はいった。良美に対して、知識を披瀝《ひれき》できる。そのことがうれしくてならない。

「ここから二里ばかり北に、長浜《ながはま》という町がある。良美どのはご存じか」

「長浜なら聞いたことがあります。太閤秀吉公《たいこうひでよしこう》が最初に城持ちになった町ですね。今浜という名を長浜に改めたのも秀吉公ですね」

「その通りだ。長浜からさらに一里ほど北に行ったところに、国友《くにとも》という地がある」

「戦国の昔、鉄砲づくりで名高かった場所ですね」

よく知っているな、と俊介は心中、驚いた。

「国友では今ももちろん鉄砲はつくっているのだが、最盛期だった戦国の昔とは比べものにならぬ。長浜は井伊家の領地だが、こと国友の鉄砲づくりに関しては、今も公儀の差配の下にある。だが、その公儀からの注文もだいぶ減ってしまったようだ」

「そうなのでしょうね。太平の世では、鉄砲は必要ありませんから」

「太平の世が続いて、鉄砲自体、実用されることはほとんどなくなり、装飾品として見た目の美しさが求められるようになった。筒にきらびやかな飾りを施したり、台尻に美しい金具をつけたりといったことだな」

言葉を切り、俊介は息を入れた。

「だが、装飾用の鉄砲だけでは鉄砲鍛冶《かじ》たちは食っていけぬ。どうすればよいか、皆で知恵を出し合った結果、それまで培ってきた美麗な鉄砲づくりの技を用い、仏壇づくりをはじめたのだ」

「そういうことなのですか」

「井伊侯の庇護《ひご》もあり、職人たちはここ彦根の七曲がりと呼ばれるところに集まった。その後、造りのすばらしさで、彦根の仏壇は一気に名を上げることになったのだ」

「いま俊介さんは、七曲がりとおっしゃいましたか」

「いったぞ。ちょうどこのあたりがそうだろう。高宮宿から彦根城に向かう途中に七曲がりはあるそうだから」

「このあたりは、道がくねくねと曲がっていますね」

「このくねくねした曲がりが七回、続くらしい。むろん、この地形は自然のものではなかろう。彦根城が築かれた際、こういうふうに道がつくられたにちがいあるまい」

「中山道からまっすぐ城へ攻め寄せられないようにしてあるのだな」

すぐに覚って弥八がいった。

「それにしても俊介さん、このあたりのことに関してずいぶんと詳しいではないか」

それか、と俊介は鬢《びん》を軽くかいた。

「鉄砲に興味があってな。国友について調べたことがあるのだ。当然、彦根のことも調べることになった」

「鉄砲に興味か。さすがに大名の嫡男だけのことはある」

「弥八、声が大きい」

すかさず俊介は注意した。

「すまぬ、つい油断した」

誰かに今の言葉を聞かれなかったかと、弥八がまわりを見渡す。

付近はひっそりとして人けはない。聞き耳を立てている者がいるようには思えなかった。

弥八、と俊介は笑いながら呼びかけた。

「もしここにおきみがいたら、弥八さんはついが多いね、といわれるところだぞ」

「まったくだ。前に伝兵衛さんがおきみからそんなことをいわれていたな。俊介さん、すまなかった」

「なに、気にすることはない。気をつけてくれればよい」

「承知した」

「俊介さん、彦根にはほかにも名産があるのですか」

弥八に代わって勝江が問う。

「あるぞ。養生薬《ようじょうやく》なるものが有名だな」

「お薬ですか。彦根にはどんな有名な薬があるのですか」

「薬といっても、薬種ではないのだ。牛の肉の味噌《みそ》漬けのことだ」

「えっ、牛の肉が薬になるのですか」

「肉を食べることを、薬食いともいうしな。牛の肉を味噌漬けにすることで、滋養にとてもよいものになるらしい。十一代将軍であらせられた文恭院《ぶんきょういん》さまも、井伊家から献上された味噌漬けの肉を養生薬として召し上がったと聞いている」

文恭院とは家斉《いえなり》の諡号《しごう》である。

「将軍さまもですか。十一代さまといえば、確か――」

「うむ、絶倫で知られたお方だ。一説に側室は十六人を超え、お子様は五十五人もいらしたという。きっと牛肉の味噌漬けも、その絶倫ぶりに一役買ったに相違なかろう」

「でも、なにゆえ彦根で牛肉の味噌漬けが名産になったのですか。ほかにも牛を飼っているところはいくらでもあるでしょうに、味噌漬けは売っていません」

疑問に思ったらしい良美の問いに、俊介はすぐさま答えた。

「良美どのも知っての通り、獣肉を食することは法度《はっと》となっている。江戸にも猪《しし》肉《にく》を食べさせる店があるが、そのためにそこでは猪肉のことを山鯨《やまくじら》と呼んでいる。ほかにも、兎《うさぎ》のことを一匹ではなく一羽というのは、この肉は兎などではなく鳥であるという方便からきている」

口を挟むことなく、良美たちは熱心に俊介の話を聞いている。

「実は彦根では、太鼓の皮も名産になっている。そのために、今も多くの牛を飼っているのだ。太鼓の皮にするために牛を殺したあと、せっかくの肉を捨ててしまうのはあまりにもったいない」

「それはそうだな」

弥八が言葉を挟んだ。顎を軽く引いて、俊介は言葉を続けた。

「最初は、肉を保存するために味噌漬けをつくってみたのかもしれぬが、それがあまりに美味で、さらに体によいこともあって、たくさんつくってみようということになったのだろう。だが、獣肉をおおっぴらに売るわけにいかぬ。それで、養生薬と名づけて売り出すことにしたのだ。それが今や、彦根のれっきとした名産となったのだな」

「なるほど、そういうことでしたか」

俊介の説明を聞いて、良美は納得したようである。

「彦根という町は、名産がいくつもあるのですね。太鼓の皮も有名だとは、つい ぞ知りませんでした」

「太鼓の皮は諸国に出荷しているそうだ。公儀も井伊家から購っているらしい」

「さようですか、ご公儀も」

俊介を見つめて、良美が深いうなずきを見せる。

「牛の皮は、もともと鎧《よろい》などの武具に用いられていたが、鉄砲と同じく武具も太平の世にはほとんど不要の物といってよい。武具用だった牛の皮を、彦根では太鼓用として出荷しはじめたのだ」

「それがうまくいったのですね」

「彦根の者は商売上手なのだろう」

「さすが近江商人ですね」

「他所《よそ》の者より、知恵がずっと回るのだな。うらやましい限りだ」

すでに夜のとばりが降りはじめている。弥八が提灯に火を入れた。

それから一町ほど進んで、俊介は歩調をゆるめた。

「甲斎先生から聞いたのは、このあたりのはずだが」

「そこではないか」

いうなり弥八が提灯を高く掲げた。提灯の淡い明かりと近くに立つ常夜灯の光が合わさり、五間ばかり先の建物に看板らしいものが出ているのが知れた。

「やはりそうだ。その看板には瑞玄庵《ずいげんあん》と記されている」

夜目が利く弥八には、この暗さの中でも看板になんと書かれているか読めるのだ。大したものだな、と俊介は素直に感嘆せざるを得ない。

足早に建物に近づいてみると、弥八のいう通りの文字が墨書されていた。

瑞玄庵は、こぢんまりとした一軒家である。千彩の父親の早紹が押し込みに遭い、殺された診療所である。

　建物が思ったよりもずっと狭くて小さいことに俊介は驚いたが、金のことに無頓着だったらしい早紹の人柄があらわれているような気がした。

惜しい人物を亡くしたのであるまいか。一度も会うことのなかった医者ではあるが、俊介はそんな気がしてならなかった。きっと患者たちも、その死を嘆き悲しんでいるにちがいあるまい。

　建物にはむろん明かりはついておらず、ひっそりとしている。千彩がキリシタンとして役人に捕らえられたためか、戸口は人が出入りできないように二枚の細長い板が斜めに立てられ、がっちりと釘づけされている。

「俊介さん、中に人はいそうか」

　先ほどから瑞玄庵の中の気配を嗅いでいるのだが、俊介にはなにも感じ取れない。人が無理に建物内に入り込んだような形跡もない。

　俊介はかぶりを振った。

「誰もおらぬようだ」

「そうか、仁八郎さんはおらんか」

「そのようだ。行く当てがない以上、仁八郎は、ここを隠れ家にするつもりでいるのでは、と俺は踏んでいたのだが、的外れだったようだ」

がっかりしたのは事実である。だが、いつまでも落胆などしていられない。なんとしても、仁八郎を捜し出すのだ。宿病が再発したら、命に関わるのである。一刻も早く見つけ出し、甲斎のもとに連れていかなければならない。

俊介たちは大坂から彦根までの道中、駕籠《かご》かきや馬子《まご》、旅籠の奉公人たちに、行き倒れがなかったか、ききながらやってきた。幸いなことに、仁八郎に該当しそうな行き倒れはいなかった。

つまり、仁八郎が彦根にたどり着いたのはまずまちがいないのだ。

いま仁八郎はどこにいるのか。旅籠に泊まっているのだろうか。高宮宿の旅籠をしらみ潰しにすれば、見つかるだろうか。それとも、野宿をしているのか。

「俊介さん、これからどうする。宿に戻るか」

案じ顔の弥八にきかれた。

「実はまだ行きたいところがあるのだが、よいか」

「もちろんだ。俊介さんの行きたいところに俺たちはついてゆくだけだからな」

「腹も空いただろうに、すまぬ」

ふふ、と弥八が笑う。

「そいつはお互いさまだろう」

横で良美と勝江もうなずいている。

「ならば、今から行くことにしよう。弥八、町奉行所の場所はわかるか」

「わからんが、だいたいその手の役所は城の近くにあるものだ。俊介さん、行き先は町奉行所か」

「そうだ。例の白川の弟である北川庫三郎に話を聞きたい。暮れ六つを過ぎたから、すでに町奉行所の大門は閉まっていようが、江戸と同じなら、急ぎの者のためにくぐり戸は開いていよう」

「白川さんの弟か。まだいるかな」

「いなかったら、明日、出直すまでだ」

弥八の先導する形で、俊介たちは彦根の町を歩き進んだ。

彦根城の天守らしい影が、小高い山の上に見えていることに俊介は気づいた。しかし、小さいが美しい天守と聞くから、できることなら昼間に眺めたかった。

彦根にはしばらく逗留することになるだろう。明日、きっと目にすることができるはずだ。

楽しみだな、と俊介は思った。いったいどのような縄張なのか。

「ふむ、ここではないかな」

足を止めた弥八が道の左側を指し示す。そこには、長大な長屋門を持つ屋敷があった。

「弥八、なにゆえここが町奉行所だと思う」

「この門だ」

提灯を掲げ、弥八が長屋門を見上げる。

「ずいぶんといかめしい造りだろう。道行く人を睥睨《へいげい》しているかのようだ。この手の人を威嚇するような門は、町奉行所のものに決まっているんだ」

井伊家の重臣屋敷に思えないこともなかったが、俊介は弥八の勘を信じることにした。

くぐり戸は開いており、提灯を吹き消した弥八がさっさと中に入ってゆく。俊介もくぐった。良美と勝江も続く。

中に足を踏み入れると、正面に破風《はふ》のついた母屋が建っているのが見えた。式台のところに明かりがともされ、その光がずいぶんと明るく感じられる。

ここは重臣屋敷などではない。どこか物々しい雰囲気が感じ取れるのは、長年、ここで働いてきた者たちが捕物《とりもの》にたずさわってきた歴史が敷地内に染みついているからだろう。

弥八の勘は正しかったようだ。

「どうされた」

不意に横合いから声がかかった。黒羽織を着込んだ男が立っている。

どうやら長屋門の中から出てきたようだ。そちらに同心の詰所があるのだろう。

確か、江戸の町奉行所もそんな造りになっていたはずである。

暗さの中、男は厳《いかめ》しい眼差しを俊介たちに注いでいる。だが、その目が白川によく似ているような気がした。

もしや、と俊介は思い、すぐに名乗った。弥八たちも紹介する。

「俊介どのに弥八どの、良美どの、勝江どのでござるか」

「北川庫三郎どのに会いたくて、このような刻限に足を運ばせてもらったのだが」

「それがし北川でござるが……」

目の前の侍は誰なのか、なにゆえ自分の名を知っているのか、どんな理由があって訪ねてきたのか。さまざまな疑問を抱いた目で北川が俊介を見る。

「大坂の白川どのの紹介で、おぬしに会いに来たのだ」

「兄上の紹介……」

にわかには信じがたいようで、北川がいぶかしげにする。

「白川どのとは、この弥八がひったくりを捕らえた縁で知り合ったのだ」

「ほう、ひったくりを。大坂には蟬《せみ》の数ほどおりもうすゆえ。しかし、それでも捕らえるなど、そうそうできることではござらぬ。大したものでござる」

畏敬の念の籠もった目で、北川が弥八を見る。それから俊介に顔を向けてきた。

「いったいそれがしにどのようなご用件でござろう」

兄の白川と比べ、北川庫三郎という男はやや堅苦しい感じがする。だが、それも俊介たちに慣れていないからではないか。話を進めるにつれ、少しずつ砕けてゆくのではあるまいか。

「瑞玄庵の押し込みについて知りたい。それと、早紹どのの娘御の千彩どのについても」

　それを聞き、北川の目が険しくなった。

「なにゆえ俊介どのらは、そのようなことをお知りになりたいのでござるか」

　俊介は、皆川仁八郎という男が大坂の医篤庵からいなくなった経緯《いきさつ》を手短に説明した。

「ほう、そのようなことが……」

　それでも北川は納得した顔ではない。

　俊介はさらに言葉を加えた。

「その仁八郎という男は、千彩どのを追って彦根まで来た。一刻も早く捕まえぬと、なにをしでかすかわかったものではない。惚れたおなごの父の仇を討つために、仁八郎も瑞玄庵に押し込んだ賊を追っているはずだ」

「では、我らより先に押し込みを捕らえようとしているのでござるか」

「いや、捕らえるというような生やさしいことはするまい。もし仁八郎が賊を見つけたら、その場できっと殺してしまおう。やつは剣の天才だ。そのくらいは朝飯前だろう」

「なんと――」

「北川どの、押し込みはまだ捕まっておらぬのだな」

「さよう」

無念そうに北川が認めた。すぐに顔を上げ、冷静な眼差しで俊介を見やる。

「俊介どの、ところで姓はなんとおっしゃる」

不意に北川がそんな問いを放ってきた。これまで俊介に鼻面《はなづら》を引き回されていたと感じたようで、この問いには自分のほうに主導権を取り戻そうという意図があるようだ。

「それはいえぬ」

俊介はいつもの答えを返した。

「なにゆえ」

「障りがあるのだ」

「どのような障りでござろう」

「それもいえぬ」

むう、とうなるような顔で北川が俊介を凝視する。

「俊介どの、ご身分は」

「悪いが、それもいえぬ」

その返事に北川が唇を噛み締める。

「ふむう、答えられぬことばかりでござるな。兄上は、俊介どののご身分を知っているのでござろうか」

「いや、知らぬ。白川どのにもなにも話しておらぬゆえ」

「さようにござるか。俊介どのたちはどちらからいらした。言葉遣いは、江戸のお方のように思えるのだが」

「その通りだ。俺たちは江戸から来た。九州に行った帰りだ」

「えっ、九州でござるか」

思ってもいなかったようで、北川が目をみはる。

「それはまた、ずいぶん遠いところまで行かれたものだ。九州にどのような用件でいらしたのでござるか」

寺岡辰之助の仇討で久留米を目指したとは、いわないほうがいい気がした。おきみには悪いが、芽銘桂真散のことを持ち出させてもらうことにした。

「長崎まで薬を取りに行ったのだ」

「薬を。つまり南蛮渡りの薬ということでござるな」

「ある重い病に冒されている知り合いがおり、その病に著効の薬が長崎の薬種問屋にあるのがわかったのだ。その知り合いの病状はもはや一刻を争うものだったため、俺たちが取りに向かったというわけだ」

「ほう、人助けでござるか」

「人助けというほどのものではない。困っている者を見過ごせなかっただけだ。その薬はもう知り合いのもとに届いたはずだ」

「それは重畳」

深く顎を引き、北川が小さく笑った。そうすると、意外に人なつこい顔になった。

すぐに表情を引き締め、北川が決意を固めたような顔つきを見せる。

「——わかりもうした。わかっていることは、お話しいたしましょう。俊介どの、弥八どの、良美どの、勝江どの、こちらにどうぞ」

奉行所の母屋の左側に位置するこぢんまりとした庭に、俊介たちは連れていかれた。まわりは背の低い木々に囲まれている。草むらで虫がか細く鳴いていたが、俊介たちの気配に残念そうに鳴きやんだ。

町奉行所の者たちが休んだりするのか、東屋《あずまや》のような建物が設けられていた。ずしりとした暗さが居座っている場所だが、どこからかわずかな光が入り込んでいるらしく、かすかな明るみが感じられる。お互いの顔も見分けがついた。

「おかけくだされ」

東屋には二つの長床几《ながしょうぎ》が置かれている。俊介たちは北川の言葉に甘えた。北川が最後に長床几に座った。

「ここなら、人に見られるおそれはないでござろう。兄上の紹介を受けたお方の頼みを断るわけには、まいりませぬ」

本来なら町奉行所の同心が、探索に関することを、誰とも知れぬよそ者にぺらぺらとしゃべるわけにはいかないのだ。

「かたじけない」

北川の厚意が身にしみ、俊介は頭を下げた。弥八や良美、勝江も同様である。

「瑞玄庵の押し込みに関しては――」

俊介たちが顔を上げるのを待って、北川が話しはじめる。

「先ほども申し上げたが、鋭意探索中にござる。手がかりらしいものは、今のところなにもつかめておらぬ。本日、御奉行から、早く賊を捕らえるようきつくいわれもうした。ふだんならとうに屋敷に帰っている刻限にこうして仕事をしているのも、御奉行に厳しく尻を叩かれたからにござる。しかし、こたびの一件、こうして遅くまでがんばっても、なかなか解決までの道を見いだせませぬ」

ため息をつきそうになったが、俊介たちに弱みは見せたくないのか、思い直したように北川が顔を上げた。なんでも聞いてくれ、というような顔で俊介を見る。

「瑞玄庵に押し込んだのが何人か、わかっているのか」

俊介はすぐさま問いをぶつけた。

「わかっておりもうさぬ。一人なのか、二人なのか、それ以上なのか」

「賊は大金を奪っていったのか」

「早紹先生は、大金を貯め込むようなお人ではありませぬ。助手によると、賊に取られたのは、薬種問屋に支払う予定だった二両ばかりではないか、とのことでござる。それでも、庶民には十分すぎるほどの大金でござるが」

確かに、と俊介は相槌を打った。おそらく賊は金目当てで押し込んだわけではないのだろう。はなから、早紹の命を奪うことこそ目的だったのではないか。俊介はそんな思いを抱いた。

「早紹先生が、うらみを買っていたようなことはないか」

「まさか」

泡を食ったように北川が否定する。

「早紹先生は、患者たちから仏さまのように崇められておりもうした。とても優しい人柄で、一緒にいて心温まるお方でござった。早紹先生にうらみを持つような者は、彦根には一人もおりませぬ」

強い口調で北川がいいきる。

そうか、と俊介は顎を引いた。こうまで北川がいう以上、早紹はうらみで殺されたわけではなかろう。どこか甲斎を思わせる人物である。

「早紹先生が、なにか見てはならぬものを見てしまったというようなことはないか」

「それは、犯罪の行われたところを目の当たりにしたのではないか、ということでござろうか」

「そういうことだ」

思い出すように北川が首をひねる。

「それがし、先生の助手に事情を詳しくききもうしたが、押し込みにやられる直前まで、先生におかしな様子はなかったそうにござる」

「その助手は信頼できるのか」

「もちろんでござる」

力を込めて北川が断言する。

「十二歳のときから瑞玄庵に住み込み、早紹先生が手塩にかけて育てた者でござる。今は病人のように寝込んでおりもうす。あの様子では、当分、床は上がらぬでござろう」

「それは気の毒な。――だが住み込みということは、押し込みにやられたとき、瑞玄庵にいたのではないか」

「それがいなかったのでござる。瑞玄庵が賊に押し込まれたのは深夜の九つ前と思われるのでござるが、ちょうどその刻限に急患が出もうして、助手は往診に出かけてござった」

まるで計ったような絶妙の頃合ではないか。この助手は本当に怪しくないのか。

「早紹先生の薫陶《くんとう》を受けて、その助手も医者としてすばらしい腕をしておりもうす。すでにかなりの数の患者を早紹先生に代わって診ておりもうす。しかし、今回の押し込みに関しては、その腕のよさがあだになったことになりましょう。もし助手の腕がよくなかったら、先生が助手を伴って往診に行ったでありましょうから」

助手が関係ないとすると、外の者が下手人ということになる。鼓動が十ばかりを打つあいだ、俊介は無言でいた。

「いま井伊直央どのはご在国中だな」

いきなり話題が飛んだことに、北川が戸惑いの顔を見せる。弥八たちも、少し驚いたようだ。

「さよう。いま殿はお城にいらっしゃる。ところで俊介どの、今、我らが殿のことを、どのを付けて呼ばれたな」

このあたりは、さすがに町方同心といっていいのだろう。俊介が口を滑らせたところをすかさず衝《つ》いてきた。

「すまぬ。いい直そう。直央さまだ」

「俊介どのは我らが殿のことを、どの付けで呼んでも差し支えがないご身分でござるのか」

「北川どの、それはよいではないか」

屈託のない声音で俊介はいい、北川が口を挟む余地を与えないよう間を置かずに続けた。

「直央さまに、なにか変わった様子はないかな」

「変わった様子でござるか」

眉根を寄せ、北川が思案に暮れる。

「噂でも直央さまのことを聞いておらぬか」

思い出す一助になればと思って俊介はいった。そういえば、と北川がつぶやいた。

「一つだけよからぬ噂が流れておりもうす」

「よからぬ噂というと」

良美たちも興味を抱いたようだ。

「真偽は我ら下っ端の者にはわかりもうさぬが、いま殿は病に倒れ、床に臥しているという噂にござる。その噂によれば、すでに半年近くも寝たきりでいらっしゃるということにござる」

これは、甲斎からすでに聞いたことではあるが、俊介だけでなく良美たちもそのことは面《おもて》に出しはしなかった。

それにしても、城下にそのような噂が流れているとは。人の口に戸を立てられぬというが、まさしくその通りで、その手のことはどうしてもよそに漏れてしまうのだろう。

「その直央さまの病と、こたびの押し込みにはなんらかの関連がないのだろうか」

俊介がいうと、ええっ、と北川が目をみはった。

「殿の病と押し込みにつながりが……」

すぐに北川が、はっとする。なにか思い出したような顔つきだ。

「そういえば、助手がいっておりもうした。早紹先生はお城に上がるかもしれなかったと。それはきっと、殿を診るためではなかったのではござるまいか」

やはりそうか、と俊介は拳を握り締めた。きっとなにかあると甲斎から直央の病のことを聞かされたとき感じたが、案の定だ。

早紹に直央を診せるわけにはいかない何者かが、押し込みに見せかけて早紹を亡き者にしたのか。そういう筋書は十分に考えられる。

それは、やはり直央の跡継に関することだろうか。

実は直央は、毒を盛られて昏睡したのではないか。そのことを、腕のよい医者に見破られることを恐れたのではあるまいか。

今のところ、俊介にはそのくらいしか考えつかない。目を上げ、北川を見つめる。

「誰が早紹先生を招こうとしたのだ」

「先生の助手によると、庵原安房守さまでは、とのことでござった」

「庵原どのというと、次席家老の家柄だな。知行《ちぎょう》は五千石か」

「よくご存じで」

「井伊家の筆頭家老は木俣《きまた》家だったな」

家禄《かろく》は一万石というから、まさに大名並みである。

「その通りでござる」

「木俣家の当主は、代々清左衛門を名乗るのだったな。今の清左衛門どのと庵原安房守どのの仲はどうだ」

「別に仲たがいしているというような噂はござらぬ。大きな声ではいえませぬが――」

実際に北川が声を低くした。

「今の筆頭家老さまは、飾り物も同然でござる。仲たがいなど起きようはずもござらぬ。いま政を動かしているのは、三席家老の長野出羽守《ながのでわのかみ》さまでございましょうな」

「そうか、三席家老がな。長野出羽守どのは家老としては古株なのだな」

「家老職に就かれて、かれこれ三十年になりもうそう。歳は、六十を少し過ぎたくらいでござる」

「その出羽守と安房守どのの仲はどうだ」

「いいとも悪いとも耳にしたことはござらぬ」

「安房守どのに敵はいないのか」

「敵でござるか。はて」

首をひねって北川が考える。

「それがしは上《うえ》つ方《かた》の事情に詳しいとはとてもいえませぬが、安房守さまに敵がいるというのは、これまで聞いたことがござらぬ。敵をつくるのにも、ときが要りもうそう。安房守さまは家老職に就いて、まだあまりに日数がなく、敵をつくる暇もないのではないかとそれがし、勘考いたす」

となると、後嗣《こうし》を巡って庵原安房守が政争を繰り広げているというようなことはないと考えてよいのか。

「ところで、安房守どのはどのような方だ」

「二十代半ばとお若く、お父上の跡を継がれて家老となられてまだ日は浅いものの、その分、やる気に満ちていらっしゃるお方と、それがしはお見受けいたす」

清新な感じの男なのだな。うまくやれば庵原に面会でき、早紹を招こうとした理由を聞けるかもしれない。

うなずいて俊介は次の問いを発した。

「直央さまは、御典医が診ているのだな」

「その通りでござろう」

「御典医の名は」

「全部で五人おりもうす。御典医筆頭は、三又《みまた》青帆さまというお方でござる。このお方が他の四人の御典医を意のままに動かしていると、もっぱらの評判にござる。誰一人として、青帆さまに逆らうことはないそうにござる」

「その三又青帆という医者は、もともと御典医の家柄なのか」

「ちがうはずにござる」

「青帆どのの出自は」

「もともとは町医者だったという話を耳にしたことがありもうすが、詳しいことはそれがしも存じもうさぬ。俊介どのは兄上からお聞きになっていると存ずるが、それがしは大坂からやってきたよそ者ゆえ」

どこか、自らを卑下したようないい方に聞こえた。大きな町から田舎にやってきた者は、都会で生まれ育ったことを自慢するものだが、北川はそうではないようだ。

むしろ、彦根で生まれ育っていないために、町奉行所内で肩身が狭い思いをすることがあるのかもしれない。

北川に対し、俊介は不憫《ふびん》さを覚えた。

こたびの瑞玄庵の押し込みを解決に持ち込めれば、北川庫三郎という男の評価も、町奉行所内で変わるかもしれぬ。

解決のためになんとか力添えをしてやりたい、と俊介は思った。

「青帆どのは、御典医になってどのくらいになる」

心中の思いを出すことなく、俊介は淡々と問いを重ねた。

「かれこれ二十年には、なるのではござるまいか。詳しくはわかりませぬが」

「歳は」

「五十二、三でござろう」

「町医者だったかもしれぬ青帆どのが御典医になったきっかけは」

目をかたく閉じて北川は、記憶の綱を引き寄せているようだ。

「それがしが聞いたところでは、確か、先代の殿さまが難病に冒されたとき、お城に召されて、ものの見事に治してみせたという話だったような……。先代のご寵愛《ちょうあい》を授かって御典医の座に着き、その後、今の殿のご信頼を受けて、御典医筆頭の地位まで上り詰めたはずにござる」

もし青帆という御典医が何者かに命じて押し込みをやらせ、早紹を亡き者にしたのなら、それは、今の地位を脅かされることを恐れたゆえだろうか。自身がそうしたように、取って代わられることにおびえ、町医者である早紹を殺したのか。

だが、そうはいってもいつか必ず御典医をやめなければならない日はくる。それに、自らの座を脅かされる程度のことで、果たして人を殺《あや》めるものだろうか。

さらにいえば、早紹がいくら名医だからといって、寝たきりの直央の目を覚まさせることができただろうか。

もし青帆が下手人だとした場合、やはりほかになんらかの理由があって、早紹に直央を診せるわけにはいかなかったのではあるまいか。それは青帆にとって、早紹の命を絶つだけの値打ちがあるものということになる。

とにかく、と俊介は思った。この青帆という御典医筆頭が最も怪しいのは、まちがいなかろう。

筆頭という座にあるからこそ、その地位を利用していろいろ細工ができるということもあるはずだ。

この男のことをさっそく調べてみよう、と俊介は決意した。

少し間を置いてから、北川に問う。

「千彩どののことについても聞きたいが、かまわぬか」

首を伸ばして北川が、母屋や大門のほうを見やる。相変わらずあたりに人けはない。

「大丈夫にござる。俊介どの、それがしが知っている限りのことは、お答えいたそう」

「かたじけない」

一礼してから俊介はきいた。

「キリシタンとして千彩どのを捕らえたのは、町奉行所の者か」

「さにあらず」

北川が大きく首を振る。

「横目付でござる。キリシタンは町奉行所の管轄ではござらぬゆえ」

「千彩どのは今どこにいる」

「牢獄でござる」

「その牢獄は城内にあるのか」

「城外にありもうす」

「そうか、城外にあるのか」

もし仁八郎もそのことを知ったのなら、と俊介は思った。その牢獄を破って、千彩を救い出そうと考えぬだろうか。

あの男のことだ、あり得ぬことではない。いや、すでに実行に移そうと考えているのではなかろうか。

「牢獄はどこにある」

「お城にほど近い、四十九町《しじゅくまち》という町にありもうす」

四十九町か、と俊介はその名を胸に刻んだ。

「珍しい名だな」

「それがしも詳しい由来は知りもうさぬが、近在の四十九院村というところから移り住んだ人がいたゆえ、との話を聞いたことがありもうす」

少しのあいだ俊介は考えに沈んだ。

「千彩どのがキリシタンとして捕まったのは、なんらかの証拠が出たからであろう。どんな証拠が出たか、北川どのは知っているか」

「存じておりもうす。鉄でできた古びた十字架と、耶蘇をかたどった焼物と聞きもうした。千彩どのは大坂から持ってきた荷物を瑞玄庵に置いていたそうにござるが、その中にその二つの物があったそうにござる」

両方ともでっち上げだろう。直感的に俊介はそんな思いを抱いたが、仮に証拠をでっち上げたにしろ、それだけの物をそろえることのできた者がいたことになる。

その者はどうやってそろえたのか。

横目付も企みに荷担しており、はるか昔に押収されたキリシタンの証拠物がおさめられた城の蔵から、盗み出したということも考えられる。それを、千彩の荷物の中にそっと入れた。

「千彩どのを捕らえた横目付は、なんという者かな」

「霧山《きりやま》呉兵衛《ごへえ》という者にござる」

「どのような男だろう」

「謹厳実直を絵に描いたような男にござる」

唇を軽く湿して、北川が続ける。

「とにかく曲がったことは大嫌いで、あの男にとって横目付という職はまさしく天職にござろう」

いつの間にかまた虫が鳴きはじめているのに、俊介は気づいた。

低いが熱心な口調で北川が続ける。

「以前、霧山どのが不正を行った勘定所の者を捕らえたことがござった。勘定所の者の縁戚が調べに手心を加えてもらおうと金子を持って霧山どのの屋敷を訪問したところ、このわしが金で動くと思うておるのか、わしもなめられたものよっ、と怒号し、金子入りの箱を手にして外に飛び出すや、道にぶん投げたそうにござる。まこと畏れ入った男でござる」

それが本当だとしたら、と俊介は考えた。その霧山という横目付は、こたびの企みには関係ないかもしれない。

「それにしても、霧山どのはなにゆえ千彩どのを捕らえることができたのかな。たれ込みでもなければ、診療所の荷物の中にキリシタンの証拠となる物があることなど、知るはずはない」

その通りだというように、良美がうなずいている。

目を細め、北川が東屋の天井を見る。

「たれ込み。――おそらく、俊介どののいわれる通りではないかとそれがしも思いもうす。それ以外、考えられませぬ」

いったい誰が横目付にたれ込んだのか。青帆だろうか。もしくは、青帆の配下に当たる者か。

千彩は甲斎のもとで修業を積み、腕のよい医者に育っていたはずだ。仁八郎の治療を甲斎から任され、実際に治癒寸前まで持ってきたのがその証である。甲斎の薫陶を受け、最も新しい医学をおのがものにもしていただろう。

それだけの腕を持つとなれば、寝たきりの直央の病状を診るために、殺された早紹の代わりに城に呼ばれたかもしれない。千彩を罠にかけた者は、直央を診られることを恐れたのではないだろうか。

俊介には一つ疑問がある。邪魔者になるかもしれない千彩を、父とは異なり、なぜ亡き者にしなかったのか。まさか情をかけたわけではあるまい。父娘が相次いで非業の死を遂げれば、裏になにかあると誰でも必ず覚ろう。それを恐れたのか。

だが、それだけではないような気がする。きっとなんらかの理由があり、千彩は殺さなかったのではあるまいか。

それはいったいなんなのか。

罠にかけた者は、千彩にはしばらくのあいだ牢獄に入っていてもらえれば、よかったのかもしれない。千彩のキリシタンという疑いは濡衣《ぬれぎぬ》であると、いつかは必ず晴れるだろう。そのとき千彩は解き放たれる。

つまり、企みを抱いた者は、しばしのときを稼げればいいと考えたのであるまいか。

仮にこの考えが合っているとして、こんな策略を巡らせた者の狙いは、いったいどういうものだろう。

――くそう、わからぬ。

俊介は奥歯をぎゅっと嚙み締めた。

——だが、このままでは決しておかぬ。必ず暴いてみせよう。

顔を上げ、俊介は目の前の北川を見た。まだなにか聞いておかねばならぬことがあるだろうか。

問うべき事柄を俊介は思いつかなかった。腹が空きすぎて、頭が回らないということもあるかもしれない。

「北川どの、長いことすまなんだ。いろいろ話を聞かせてもらい、本当に助かった」

「俊介どの、もうよろしいか。ほかにお聞きになりたいことは」

「今のところない。なにか疑問に感じたことがあれば、また訪ねさせてもらう。北川どの、かまわぬか」

「もちろんでござる。遠慮なく訪ねてきてくだされ」

にっこりと笑って北川が快諾する。

「かたじけない。ではこれで。失礼する」

頭を深く下げ、俊介は立ち上がった。きびすを返し、大門に向かって歩き出す。

弥八や良美、勝江も俊介の後ろに続いた。

「そこまで送りもうそう」

大門まで北川がついてきた。

「そうだ、北川どの。四十九町への行き方を教えてくれぬか」

大門を出ようとして俊介はいった。北川が俊介をじっと見る。

「俊介どの、今より牢獄に行かれるのか」

「そういうことだ。だが、別になにかしようというわけではない。千彩どのが入れられている牢獄がどういうところなのか、この目で確かめてみるだけだ」

「例の仁八郎どのが、牢獄の近くにひそんでいるかもしれぬと、考えておられるのでござるのではないか」

「さすがに鋭いな」

俊介は微笑して、北川にうなずいてみせた。

「いたら、引っ捕らえるつもりだ」

「おできになりもうすか。仁八郎どのは剣の達人なのでござろう」

「俺のほうが強い」

「まことでござるか」

「剣では負けるが、仁八郎は俺には勝てぬ」

「はあ、さようにござるか。——道をお教えいたそう。とはいっても、牢獄のある四十九町はすぐ近くでござるよ」

すらすらと北川が道順を伝える。それを聞く限り、確かにほんの二町しか離れていないようだ。

北川に改めて礼を告げ、俊介たちは町奉行所をあとにした。大門のかたわらに立ち、北川が俊介たちを見送っている。眼差しは兄の白川ほど強くはない。

提灯をともした弥八が俊介の前を歩いている。

あと半刻もすれば闇の海にすっぽりとのみ込まれてしまうのではないかと思わせる、か細い三日月が空に浮いている。

——明日は新月だな。

その三日月を眺めて俊介は思った。

三日月と一緒に暗い道を二町ばかり歩くと、四十九町らしい町に入った。

あたりの気配を油断なく嗅ぎつつ、俊介は歩みを進めた。

だが、仁八郎らしい者が近くにいるようには思えない。それらしい気振りは、いっさい感じなかった。

――仁八郎はおらぬのかな。

「ここが牢獄のようだな」

足を止め、高さ一丈半は優にある塀を弥八が見上げた。

「これは高いな。さすがに牢獄だけのことはある」

「弥八でもこれを乗り越えるのは無理か」

「やれぬことはなかろうが、ちと苦労しそうではある」

「もし忍び込みの素人《しろうと》がこの牢獄を破るとしたら、どんな手立てを用いるだろうか」

「仁八郎さんがいくら天才剣士といっても、この塀を越えるのは無理だろう。あの男の性格からして、表門を破るのではないかな」

五間ほど先にある表門に、俊介は歩み寄った。切妻づくりの屋根がついた、がっちりと厚みのある門で、鉄の板がびっしりと貼られている。中から閂《かんぬき》が降りているようだ。かたわらにくぐり戸がついている。

門衛らしい者の姿は見えないが、牢獄の中には何人もの警固の者が詰めているのが、気配から知れた。

「もし仁八郎さんがこの門から入るつもりでいるのなら、このくぐり戸をどうにかするのではないかな。刀で斬り破るか」

「仁八郎なら、その程度のことはたやすくしてのけるだろう。もし破るとしたら明日かな」

再び俊介は空を見上げた。薄い雲が動いて、頼りない三日月の姿はあっさりと覆い隠されている。

「明晩は新月か。仁八郎さんがやる気なら、まちがいなく明日だろう」

「となると、明夜に備え、仁八郎はどこかで英気を養っているのかな」

いったいどこにいるのか。俊介は大声で叫び出したい。だがそんな真似はむろんせず、弥八たちに向き直った。

「遅くまですまなかった。今より宿に戻り、腹にごちそうを詰め込もう」

ふうと息をついて、勝江が破顔する。良美も、さすがにほっとした顔になっている。

その表情が俊介にはかわいくてならず、いとおしくてたまらなかった。

そんな俊介を、いかにも楽しげに弥八が見ている。

そのことに気づき、俊介はあわてて顔を引き締めた。

二

つと弥八が振り返り、笑いかけてきた。その顔に、まだ昇ったばかりの朝日が当たる。

「どうした、俊介さん。ずいぶん浮かない顔をしているではないか」

「なんだと。そう見えるか」

弥八に目を合わせ、俊介は問い返した。

「見えるとも」

「それはいかんな。暗い顔をしていて、よいことなど一つもない」

胸を張り、俊介はすぐさま笑顔をつくった。それを見て、弥八がうれしそうに笑う。

「俊介さんはやはり笑っているほうがいいな。——なぜ俊介さんが浮かない顔をしていたか、当ててみせようか」

「当てられるのか」

「もちろんだ」

弥八は自信満々である。

「良美さんが一緒でないからだ」

「それはちがうぞ、弥八。良美どのがいないのは寂しいが、今日の用を考えた場合、それは致し方ないことだ。良美どのと勝江を連れてゆくわけにはいかぬのだから」

「ならば、俊介さんの浮かない顔の答えは、先ほどの朝餉だな」

「ほう、朝餉か。どうしてそう思う」

「俊介さんは、朝餉の膳に琵琶湖の幸が出てくるのではないかと期待していた。だが、大堀屋の朝餉は、他の宿とさして変わらないものでしかなかった。そのために、俊介さんは落胆を隠せずにいるんだ」

「落胆というほどでもないが」

朝餉のおかずは納豆に海苔《のり》、玉子焼きという豪勢なもので、飯自体もうまかった。味と量に関しては、俊介も満足したのである。

軽く肩を揺すって弥八が続ける。

「昨夜の夕餉にも、残念ながら琵琶湖の幸は出なかった。琵琶湖の幸でなくとも、牛肉の味噌漬けでもよかった。正直いえば、どちらかが出るのではないかと俺も期待していたのだ。夕餉にしても鯖《さば》の味噌煮がつくなど、けちをつけるようなものではなかったが、やはり琵琶湖名産の鮒寿司《ふなずし》くらいは出してほしかったな」

ははは、と俊介は声を上げて笑った。

「落胆しているのは弥八のほうではないか。今宵、鮒寿司か養生薬が出るかもしれぬぞ。弥八、期待しようではないか」

俊介に明るくいわれて、弥八が苦笑する。

「相変わらず俊介さんは前向きだな」

「人間、そのほうが楽ゆえな。くよくよ思い悩んでも仕方なかろう。仮に結果が同じだったとしても、明るく考えているほうが疲れずにすむではないか」

「明るく考えているほうが、いい結果に結びつくことが多いような気がするな」

「そうであろう」

つややかな朝日を背中に浴びつつ、俊介たちは彦根の町を歩いた。

「弥八、道はわかるのか」

「大堀屋の奉公人が教えた通りに歩いている。任せてくれ」

右手に彦根城の天守が見えている。意外に近い。斜めからの陽射しを受けた白亜の壁が光を弾き、まぶしいくらいに輝いている。

「評判にたがわず美しいな」

こぢんまりとはしているが、いかにも武張《ぶば》った感じのする天守で、さすがに井伊家の居城だと思わせるものがある。実に堂々とした姿である。

「いい城だ。俊介さんは松代城の天守がどのようなものか、知っているのか」

「松代城に天守はない」

「そうなのか、なぜない」

「昔の火事で失ったきり、建て直さなかったそうだ。天守の代わりになる大きな櫓《やぐら》はあるそうだが」

「そうか、それはちと残念だな。天守があってこそ城ではないかと思えるからな。

——おっと、ここだ」

声を上げて弥八が立ち止まったのは、彦根城の中壕《なかぼり》に架かる木橋のすぐそばである。

「庵原屋敷はどこにある」

俊介はあたりに目を配った。いま俊介たちがいる場所は外濠内だから城内といえるのだろうが、武家屋敷に混ざるようにして多くの町屋が建っている。中壕沿いの道を行く者は、ほとんどが町人である。

「庵原屋敷はその橋の向こうにあるはずだ」

中壕に架かっている木橋を、弥八が指さした。緑の水を満々とたたえた中壕の幅は、優に二十間はありそうだ。

何羽もの鴨《かも》が水面をすいすいと動き回っている。あの鴨たちは番人として壕に放たれているのだろう。壕を泳ぎ渡って城に侵入しようとする者があったとき、最初に騒ぎ出すからだ。

「橋の先には城門があるぞ。あの門の先に庵原屋敷はあるのか」

「そういうことだ。その木橋は京橋と呼ばれているそうだ。中壕を渡った先にある門は、京橋門とでもいうのだろう。京橋門を入ってすぐ西郷《さいごう》屋敷があり、その西隣が庵原屋敷のはずだ。大堀屋の奉公人はそういっていた」

「ふむ、西郷家か。井伊家の家老をつとめる家柄だな。家禄は三千五百石のはずだ」

「大大名の家中だけに、信じられないような高禄の者がごろごろといるな。江戸の旗本でも三千五百石の家禄を誇る家など、そうはないだろう」

確かにな、と俊介は答え、弥八に先んじて京橋を渡りはじめた。重臣に得意先がいるのか、商人らしい主従が俊介たちの前を足早に歩いている。

城の枢要な地である中壕内には、さすがに町屋はないだろう。城の造りからして、そこは三の丸のはずだ。三の丸にある屋敷は重臣のものばかりであろう。

ほかの城と同様、京橋口も虎口《こぐち》になっており、城内へまっすぐ進めない造りになっている。

城門前にいかめしい顔つきの門衛が何人も詰めており、商人主従はその者たちに向かって深々と辞儀した。門衛たちと顔見知りらしく、商人主従はなにごともなく先に進んでいったが、怪しい者と見られたか、俊介と弥八は止められた。

「どちらに行かれる」

言葉遣いは丁寧だが、目の前に立つ門衛の眼差しは厳しく、俊介たちが害を為す者ではないか、と疑っているのは明白だ。

「庵原安房守どのの屋敷だ」

次席家老をどの付けするこの若い侍はいったい何者だろう、という思いが、やや歳のいった門衛の顔に浮かんだ。

「御家老のお屋敷へどのような用事があって行かれる」

「安房守どのにちと話をうかがいたいのだ」

「お話というと、どのような」

俊介はにこりと笑った。

「それはいえぬ。安房守どの以外、他言無用の事柄だ。――安房守どのは屋敷におられるか。まだ出仕前ではないかと考えて、我らはまいったのだが」

「お手前方の名は」

「俺は俊介、この者は弥八だ」

「俊介どのは武家とお見受けするが、姓を承りたい」

「申し訳ないが、いえぬ」

「なにゆえ」

「障りがある」

「どのような障りでござろう」

「それもいえぬ」

ここ最近、同じ問答を何度も繰り返した。すぐに切り抜けられるうまい手を考えたほうがいいのだろう。

だが、偽名などは用いたくない。俊介の性格として、できるなら嘘はつきたくないのだ。

「俊介どのは、御家老とお約束がおありか」

険しい目を俊介に注いで門衛がきく。

「約束はしておらぬ」

難しい顔をし、門衛がわずかに間を置いた。

「俊介どのと弥八どのは、どちらから見えた」

「江戸だ。つい数日前は大坂にいたが」

「彦根には、なにをしにいらした。御家老に用があって見えたのか」

どうするか、と俊介は迷った。このままでは埒《らち》が明きそうにない。

顔を動かして、俊介は弥八に目を当てた。正直にしゃべってもよいか、と無言で問うてみたのだ。よかろう、というように弥八がかすかにうなずいてみせる。

承知した。弥八にうなずき返して、俊介は門衛に向き直った。

皆川仁八郎という者を捜しにきたのだ、といおうとして、俊介はとどまった。

ふと思いついたことがあった。

「――おぬしに頼みがある。安房守どのに伝言してくれぬか。同じ武田家の家臣だった者の末裔《まつえい》が、京橋口に来ておると」

「同じ武田家臣……」

「そうだ。頼めるか」

「はあ、わかりもうした」

合点がいかない顔をしているが、門衛は首を縦に動かした。

「よろしく頼む」

頭を下げて、俊介は背後を振り返った。

「安房守どののご返事をいただけるまで、しばらくかかるであろう。ここで待つのも芸がない。あの茶店で待たせてもらってよいか。おそらく、安房守どのの返事がくるまで茶の一杯くらい飲み干せよう」

俊介の目には、中壕沿いに建つ一軒の茶店が映り込んでいる。饅頭《まんじゅう》と染め抜かれた幟《のぼり》が穏やかな風に、ゆったりとはためいていた。

「そなたは、ここを離れるわけにはいかぬだろう。京橋のたもとから、茶店の俺たちを呼んでくれればよい。かまわぬか」

「承知いたした」

弥八をいざなった俊介は京橋を渡り、茶店の縁台に腰を落ち着けた。弥八が隣に座る。

「弥八、腹が空かぬか」

「もう小腹が空いている。朝餉はけっこう食べたのにな」

「なら、饅頭をもらうか」

「ありがたい」

寄ってきた小女《こおんな》に、俊介は茶と饅頭を注文した。

「俊介さん、きいてもよいか」

小女が去るのを待って、弥八が俊介の顔をのぞき込む。

「いや、待て。それは、安房守も同じように問うてくるはずだ」

「俊介さんは俺がなにをききたいか、わかっているのか」

「わからぬはずがない。同じ武田家の家臣だった者の末裔のことだろう。だが弥八、今もいったが、そのことに関しては、必ず安房守もきいてくる」

「安房守との面会がかなうのが、俊介さんにはわかっているのか」

「わかってはおらぬ。安房守に会えれば、そのことを必ずきいてくることだけは、はっきりしている」

弥八が俊介の顔を見る。

「これから俺がいうのは独り言だから、俊介さん、無視してもらってよい。――ふむ、真田家が武田の元家臣だったのは俺も知っているが、庵原家というのはまったく知らん。武田二十四将にもおらんだろう。本当に武田の家臣だったのか」

「家臣だったさ」

つい俊介は答えてしまった。

「本当か」

「本当だ」

「――ああ、そうか。元武田の家臣だったから、庵原家の先祖は井伊家に仕えることができたのか。井伊家の赤備えといえば、元武田の家臣でかためられていたと聞くな」

その通りだろう、と俊介はいって話題を変えた。

「弥八、城に入るというのは、なかなか難しいものよな」

右手に見える京橋門を俊介は見やった。

「まあ、そうだな」

「弥八一人ならば、忍び入るのはたやすいことか」

「夜ならば」

「日のあるうちは無理か」

「無理とはいわん。だが、難しいのは事実だ。実際のところ太平の世が続き、警固の目がゆるんでいる城は多かろう。そういうところなら、忍び込むのは易い」

弥八も京橋門に目を当てている。

「だが、彦根城はちがう。門衛たちは、今も性根を据えて仕事に励んでいるようだな。昨日城下に入ったとき良美さんが、ぴんと張り詰めた空気を感じるといったが、それも当たり前だ。門衛たちの取り組み方がよそとはまったく異なる」

「武門を代表する家として、門衛たちも気合を入れているのだな」

「その分、家中の者がしくじりを犯した際に下る沙汰《さた》も厳しいにちがいあるまい。もし悪者が城内に入るのを見過ごしたら、下手《へた》をすれば命が危うくなるんだろう」

お待たせしました、と小女が二つの茶と二枚の皿を持ってきた。皿には小ぶりの饅頭が三つのっている。

「弥八、いただこうではないか」

俊介たちはすぐに饅頭をほおばった。

中の餡《あん》は甘みが抑えられているが、口中で広がってゆくこくが感じられ、我知らずため息が出そうになるくらいうまい。しっとりとした皮からはほんのりと酒のにおいが立ち、餡とよく合っている。

「ほう、これが酒饅頭というやつか。久しぶりに食べたが、やはりうまいな」

新たに手にした饅頭をためつすがめつした弥八が饅頭を口に放り込んだ。あっという間に三つとも平らげ、茶を喫する。

茶を飲みながら、俊介は饅頭をじっくりと味わった。

食べ終わって小腹が満たされたとき、先ほどの門衛が京橋の袂《たもと》に出てきたのが見えた。俊介たちを手招いている。

勘定を払い、俊介たちは急いで向かった。

「どうだった」

橋を渡って門衛の前に立った俊介は、平静な口調でたずねた。もっとも、門衛の顔を見た瞬間、すでに答えを覚っている。

「お目にかかるそうでございます」

よかった、と俊介の胸が喜びで満ちた。これで関門を抜けることができた。

「ただし、出仕まで間がないゆえ、四半刻に限って、ということにございます」

「承知した」

四半刻もあれば、知りたいことを引き出せるのではあるまいか。だが、あまり余裕がないのも事実だ。急がねばならない。

門衛の先導を受けて、俊介たちは京橋門をくぐり抜けた。俊介たちの背後に二人の門衛がつき、背中に強い目を当てている。

「こちらでござる」

さすがに五千石もの知行を誇る家だけに、宏壮としかいいようがない。見上げるように立派な長屋門は大きく開いており、中で庵原家の二人の家臣が待っていた。

失礼する、と会釈をして俊介と弥八は門を入った。そこまで見届けて、門衛たちが引き上げる。

庵原家の家臣に付き添われて、母屋に上がる。俊介だけでなく弥八も、武家や身分の高い者だけが許される玄関を使うことが許された。そのことが、庵原安房守という男の人柄をあらわしているような気がした。

玄関を入ってすぐのところで俊介は刀を家臣に預けた。廊下を歩いて俊介たちは、畳のにおいが香る座敷に案内された。障子はすべて開け放たれ、木々や草花の手入れが行き届いた庭が見渡せた。

正座して待っていると、右側のあじさいの絵が描かれた襖が横に動いた。

「失礼する」

姿を見せたのは、上質の着物を身につけた若い侍である。彫りが深く、眉毛と目のあいだがほとんどない。鼻が高く、口元はほどよく引き締められている。聡《そう》明《めい》そうな顔つきをしているように、俊介は感じた。まだ就いて間もないらしいが、井伊家の次席家老としてふさわしい男に見えた。

「庵原安房守にござる」

深みのある声で、丁重に名乗った。丁寧な口調で名乗り返して、俊介は弥八を紹介した。

「弥八どのは、俊介どのの配下かな」

ちらりと弥八に目を当てて、安房守が俊介にたずねる。

「友垣だ」

「ほう、友垣」

「安房守どの、それにしても、よく会《お》うてくれた。この通りだ」

感謝の思いを込めて俊介はこうべを垂れた。

「いや、お顔をお上げくだされ。それがしは、俊介どのの策に引っかかったに過ぎませぬ。同じ武田の家臣だった者の末裔といわれれば、会わざるを得ませぬ」

ふと気づいたように、安房守が俊介をまじまじと見る。

「今それがしはなにも疑問に思わず『過ぎませぬ』、『得ませぬ』との言葉遣いをいたしした。俊介どのには、どうやら人にそういうふうにさせるものが、自然に備わっているようでございます」

「なに、そんなかしこまることはない。安房守どの、砕けた調子で話してくれればよい」

その声が届かなかったように、安房守は真摯《しんし》な表情を崩さない。むしろ背筋をぴんと伸ばした。

「俊介どのは、いったいどなたでいらっしゃるのですか。同じ武田の家臣だった、ということと関係があるのでしょうな」

「その通りだ」

うなずいて俊介は安房守に確かめた。

「安房守どのの庵原家は、戦国の昔、駿河《するが》、遠江《とおとうみ》、三河《みかわ》の三国を治めていた今川家の家臣の血筋だな」

斜め後ろに控えて座している弥八が、えっ、という顔をしたのが俊介には感じられた。今川家という名が出てきたことに、少なからず驚いたようだ。

「はい、今川家の譜代の重臣でございました」

言葉に誇りを込めて安房守が答える。

「松平家の嫡男として、幼かった神君家康公は今川家の本拠だった駿府《すんぷ》にいらしたな。そのとき今川義元公から神君のお師匠としてつけられた雪斎《せっさい》和尚も、庵原家の出であったな」

それを聞いて、安房守がにこやかにほほえんだ。

「今川家の執権として高名な雪斎和尚が庵原家の出であることは、まちがいありませぬ。しかし、果たして神君のお師匠だったかまでは、正直それがしにはわかりませぬ。神君が今川義元公に大事にされていたのは疑いようがありませぬが、雪斎和尚でないお人が師匠役としてつけられていたと、それがしは耳にしたことがあります」

「ほう、それは初耳だ。——その後、今川家が滅び、その際、庵原家は武田家に仕えたのだったたな」

「俊介どの、それも少々ちがうようでございます」

やんわりと首を振り、安房守が否定する。

「どこがちがう」

「当時の庵原家の当主である助右衛門朝昌《ともまさ》は今川家が滅亡する前に、当時のあるじ氏真《うじざね》公を見限って、駿河を去ったのです。今川家を攻めて氏真公を駿府から追った信玄公が亡くなって、ようやくにして助右衛門は武田勝頼公に仕えたのです」

「ほう、今川家に義理立てしたのだな。助右衛門どのが氏真公を見限ったというのは、よほどのわけがあったのであろう。――このようなことは、子孫の者に聞かねばわからぬことだな」

賛意をあらわすように安房守が深くうなずき、言葉を継いだ。

「武田家が滅んだのち庵原家は、一度は御家に仕えたにもかかわらず、一年で退転しております。その後、関ヶ原の合戦ののち、祥壽院《しょうじゅいん》（井伊直政）さまがご逝去されたのち、再び御家に奉公することになったのです」

「井伊直政公はひじょうに気性の激しかった武将と聞いている。助右衛門どのも直政公とぶつかって、御家を退転することになったのやもしれぬな」

実際、直政は家臣のしくじりを許さず、手討ちにすることも少なくなかったらしい。今の世にもしそのような真似をし、それが公儀に聞こえたら、即座に取り潰しの憂き目に遭うであろう。戦国の頃とは、時代はすっかり様変わりしたのだ。

「して俊介どの。俊介どのの先祖も、武田家の家臣だったのですね」

身を乗り出し、真剣な目で安房守がきく。

「そうだ」

興味深げな眼差しを投げて、安房守は俊介が続けるのを待っている。

よし、と俊介は腹を決めた。ここは正体を明かさねばならぬときだろう。

だが、俊介に自ら名乗る気はない。身分について誰にも教えぬ、と決めた以上、それを破るつもりはない。こちらの素性を、安房守にいい当てさせなければならない。

「我が先祖は慶長の昔の大坂城攻防戦において、天下に勇名を馳《は》せた。その名は、きっとそなたも知っておろう」

ほう、と嘆声を放って安房守が目をみはる。

「それだけのお方ですか。ご先祖は大坂城を攻めた側におられたのでしょうか」

「名を轟《とどろ》かせたのは籠城《ろうじょう》側だ。だが、俺の先祖は幕府方にいたというほうが正しかろう」

一瞬、安房守は混乱したようだ。

「それは、一族で敵味方の間柄になったということですね。――元武田の家臣で、大坂城の籠城戦で名を上げた者。しかも、一族内で籠城側と攻城側に分かれた――」

言葉を途中で切り、安房守がはっとする。俊介をじっと見た。

「真田さまでございますね。真田さまは、戦国の頃は武田家の家臣でいらしたはず。――初代の真田信之公は、確かに幕府方でございました」

「その通りだ。もっとも、大鋒院《だいほういん》（信之）さまは大坂には出陣しておられぬ。冬の陣、夏の陣ともに病を得ておられたゆえ。代わりに二人の子息である天桂院《てんけいいん》（信吉）さまと円陽院《えんよういん》（信政）さまが出陣なされた」

「それがしも、さように聞いております」

軽く息を入れ、安房守が俊介をじっと見る。

「そういえば、真田さまの御嫡男は俊介さまとおっしゃったはず……」

目の前にいる男が真田家の嫡子であると、安房守はすでに確信している様子だ。

「しかし、なにゆえ真田さまの御嫡男が彦根にいらっしゃるのですか。公儀の法度に触れるのではございませんか」

安房守どの、と俊介は呼びかけた。

「俺が真田の嫡男かどうか、今は措《お》いてくれるか。――実は、彦根へは人捜しに来たのだ」

「人捜し――」

つぶやくようにいって、安房守が顔を前に突き出す。

「俊介さまは、どなたを捜しているのでございますか」

「江戸から連れてきた皆川仁八郎という男だ」

どのようないきさつがあって、仁八郎を捜すことになったか、俊介は手短に説明した。

「ほう、医篤庵の千彩どのを追って皆川どのは彦根に来られた……」

安房守の目がきらりと光った。

「安房守どの――」

早紹のことをきこうとして、俊介は静かに呼んだ。だが、その問いを発する前に安房守がさえぎった。

「俊介さま、それがしのことは呼び捨てにしてくだされ」

俊介はかぶりを振った。

「そなたは俺の家臣ではない。その上、俺はそなたを呼び捨てにできる身分であると、認めておらぬ」

「しかし呼び捨てにしていただきませぬと、それがしの尻のあたりがもぞもぞと落ち着きませぬ」

「俊介さん、庵原さんのいう通りにしたほうがよい」

斜め後ろから弥八が助言する。

「そのほうが、庵原さんも気兼ねがないといっているのだ。気楽に話をしてもらったほうが、俊介さんもよかろう」

「弥八のいう通りかもしれぬ。――わかった。では安房守」

俊介はおごそかに呼んだ。

「はっ」

「早紹どののことを聞かせてくれるか」

「瑞玄庵が押し込みに遭い、あるじの早紹が殺されたことでございましょうか」

「早紹どのが殺されたのは気の毒でならぬが、そのことは今はよい。そなたは早紹どのを城に呼ぼうとしたと聞いたが、それはまちがいないか」

「ご存じでしたか。はい、おっしゃる通りでございます。殿の病を診ていただくために、それがしが招こうとしていました」

無念そうに唇を嚙み、安房守がうつむく。

「早紹が殺されたのは、それがしのしくじりでございます。そのことを誰にも漏らさなければ、早紹が死ぬことにはならなかった」

「そなたは、瑞玄庵への押し込みは見せかけと考えているのだな」

きかれて安房守が目を上げた。

「さようにございます。早紹の命を絶ちたいと考えた者が、さも押し込みの仕業に見せただけに相違ございませぬ」

「使嗾した者がいたということだな。安房守、それは誰だ。もしや、青帆という御典医筆頭なのか」

いきなり青帆の名が出たことに、安房守が目をむいた。

「俊介さまは、そこまでお調べになったのでございますか。もちろん、押し込みが青帆どのの使嗾によるものであると断言はできませぬ。しかし、それがしが青帆どのを疑っているのは、紛れもないことでございます」

顔に脂を浮かべて安房守が続ける。

「なんとしても下手人を捕縛し、押し込みの裏にあるものを暴き出したいと願い、昨日もそれがしは町奉行に奮起をうながしたばかりでございます」

それゆえに、と俊介は思い当たった。町奉行は北川庫三郎たちに、必ず下手人を挙げるように厳しく命じたのだろう。

「直央どのの病状はいかがだ」

さすがに自家のあるじのことは俊介相手といってもあまり語りたくないらしく、安房守の顔には逡巡が見えた。

俊介は辛抱強く待った。

「ご存じかもしれませぬが、今も寝たきりでございます」

「それは残念だな。直央公が卒中で倒れたのは半年ばかり前か」

「はっ。まだ半年は過ぎておりませぬが、じきそのくらいになりましょう」

「直央公が毒を飼われたという形跡はないのだな」

「そのことは、それがしも考えました。しかし、青帆どのは殿に感謝こそすれ、毒を飼うようなことはないのでは、という結論に達しました。先代の殿の重い病を治したことで青帆どのは御典医になり、その後、今の殿に見いだされて御典医筆頭に上り詰めたのでございます。まだ十代だった今の殿を、難病から救ったことがきっかけでした」

「ほう、そういうことがあったのか」

当代の病を治したことまでは北川庫三郎も知らなかったようだ。先代の殿の病を治したとはいっていたが、直央のことまでは言及していなかった。

「青帆の生まれはどこだ。この町に来たときはすでに町医者だったと聞いたが」

「だいぶ前に、生まれ故郷は堺だと聞いたような気がいたします。しかし、それも正直、はっきりいたしませぬ」

泉州堺か、と俊介は思った。戦国の頃は異国との交易が盛んだった。むろん、キリシタンも大勢いただろう。

青帆の家は、もともと堺で町医者をしていたのだろうか。戦国の昔から続いていた家とするなら、青帆がキリシタンの証拠となる物を所持していても不思議はない。

「なにゆえ青帆は、生まれ故郷をあとにしたのかな」

「それもわかりませぬ。今さら青帆どのにきけることでもありませぬし」

それはそうだな、と俊介は思った。軽く息を入れてから、話題を井伊家の当主のことに戻した。

「直央どのだが、目を覚ましそうにないか」

ききにくいことではあったが、俊介はあえて口にした。

「はっ。今も昏睡されたままでいらっしゃいます」

「顔色はいかがだ。顔色に、直央公が目を覚ましそうな兆しを見ることはできぬか」

「失礼ながら、殿の病に顔色はあまり関係ないような気がいたします。一時は、殿のお顔が灰色に染まったようになったこともございました。そのときには、さすがにそれがしも、覚悟したものでございます」

言葉を切り、安房守は一瞬かたく目を閉じた。

「今はまったく逆でございます。殿のお顔の色は、赤子のように桃色になってきているのです。頬など、指で弾いたら押し戻しそうなくらい、張りがあるのです。お顔だけ見ているると、とても眠ったきりの病人には見えませぬ。しかし、それだけお顔の色がよくとも、殿はお目を覚まそうといたしませぬ」

「そうか。それだけ顔色がよいとなると、青帆の治療が効いていることになるのかな」

「そういうことになりましょう。青帆どのが展快散なる妙薬を殿に召し上がらせるなど、必死に治療に当たっているのは確かなのです。殿の目を覚ますことができぬのなら、せめて一日でも長く生きていただこうとしているのは、治療ぶりを見ていればわかります」

ぎゅっと唇を嚙み締めて安房守が続ける。

「しかし、あの一見真摯な青帆の態度の裏に、きっとなにかあるはずとそれがしは確信しています。にもかかわらず、それがしにはそれがなんなのか、さっぱりわからぬのです。そのことが苛立たしくてなりませぬ」

安房守の腹立ちは、俊介も理解できた。悪事がわかっているのに、それを暴けない苛立ちというものだ。

「直央公は卒中とのことだが、倒れる前になにか兆候はあったのか」

「御酒を特にお好みになり、肝の臓がよくないから控えるようにと、青帆どのにはいわれていました。倒れる直前はひどく赤いお顔をされており、いかにも体調が思わしくないのでは、とそれがしは感じました。そのことがわかっていたからといって、それがしが、殿が倒れられるのを阻むことなどできなかったのでございますが」

直央は目覚めた直後、厠《かわや》で倒れたのだという。寒い冬の朝のことだったそうだ。

安房守と話しはじめて、とうに四半刻は過ぎただろう。これ以上、俊介には聞くべきことがなかった。

「安房守、長いこと、すまなかった。これでいとまする」

会釈して俊介は立ち上がった。すぐに弥八も続く。

「お帰りになりますか。――いま俊介さまはどちらにお泊まりに」

「大堀屋という旅籠だ」

「ああ、高宮宿の老舗《しにせ》ですね。大堀屋も悪くはありませぬが、俊介さま、我が屋敷にいらっしゃいませぬか。大堀屋はいい宿でございますが、食事に関しては、どういうわけか無頓着にございます。旅人が彦根に来たら琵琶湖の幸やら、養生薬といわれる牛の味噌漬けやらを食してみたいと当たり前に思うことを、どういうわけか、解することができぬようなのです」

まさか安房守にこんな申し出をされるとは、俊介は思っていなかった。それにしても、大堀屋のことまで詳しく知っているとは、安房守はずいぶんと下情《かじょう》に通じているではないか。大したものだ、と俊介は感心した。

「その言葉はありがたいが、安房守の気持ちだけ受け取っておこう。これだけ広い屋敷なら、居心地はさぞよかろうが、やはり自由がなくなるような気がしてならぬ。今は旅籠に泊まっていたほうが我らはよい」

「さようでございますか。俊介さまのお気持ちはよくわかりました」

「かたじけない。——安房守」

微笑を浮かべて俊介は呼びかけた。その顔を見て、安房守がまぶしそうにする。

「俺のことを、さまを付けて呼ぶのは今日限りだ。また会ったときは、俊介さんと呼んでくれ」

「そのような恐れ多いことがそれがしにできましょうか」

「しかし、やってもらわねばならぬ」

「はっ、しかと承知いたしました」

安房守、と俊介は柔らかく呼んだ。

「これから出仕か。遅くなってしまったのではないか」

「いえ、大丈夫でございます」

「そうだ」

最後に聞いておかねばならないことを俊介は思いついた。

「そなた、青帆が彦根にやってきて診療所をはじめた町がどこか、存じているか」

「それでしたら、存じております」

安房守が大きくうなずいた。

中藪上片原町《なかやぶうえかたはらまち》にやってきた。

「藪が名につく町だから、竹藪があるのかと思ったが、見当たらないな。町屋がびっしりと建て込んでいるではないか」

足を進めつつ弥八があたりを見回す。俊介も町内を眺めた。

「昔はきっと竹藪だらけだったのだろう」

向こうからやってきた町人を、弥八がつかまえた。腰の曲がった年寄りである。頭は真っ白で、ちょんまげはかなり寂しいものになっている。

「道をききたいのだが、よいか」

弥八がいうと、年寄りは小腰をかがめた。

「はあ、お二人はどちらにおいでになるんでおますか」

「昔、この町に健拓庵《けんたくあん》という診療所があったはずだが」

「ええ、ええ、覚えておりまっせ。今をときめく三又青帆先生の診療所でおまへんか」

「健拓庵はどこにあった」

「そちらでんがな」

しわ深い指を伸ばし、年寄りが通りの左側を示した。

「ああ、そこだったのか」

しもた屋のようで、今も人が住んでいる気配がある。建物自体は相当古く、大風に見舞われたら、飛んでいってしまいそうだ。

「そなた、健拓庵のことに詳しいか」

前に進み出て、俊介は年寄りにたずねた。

「まあ、詳しいといえば詳しいでっかな」

「そなたの名をきいてよいか」

「へえ、談助《だんすけ》といいます」

「談助、いくつか質問をするが、よいか」

「へい、かまやしまへんで。どうせ暇でっから」

歯のない口をむき出しにして談助が笑う。

「青帆はこの町にいつやってきた」

「かれこれ三十年はたちまっしゃろな」

「青帆はどこからやってきた」

「堺でんがな」

「それは青帆からじかに聞いたのか」

「いえ、先生は姫路のほうの出だとおっしゃっておりましたけどな、先生がこの町に来る前、ちょっと用事があって行った堺で、あっしは先生の姿を見かけたことがありますのや。町医者の恰好で、急患らしい人を背負って走ってはりましたで。その姿があまりに恰好よいもので、あっしはその町医者の顔をずっと覚えておりましたんや」

「そのことを、そなたは青帆にいったか」

「いえ、いいやしまへん。姫路のほうが故郷といわはるなら、それでいいやん、と思いましてな」

乾いた唇を、談助が色の悪い舌でなめた。

「先生、どうも逃げていらしたような感じでおましたからな」

「堺からなぜ彦根に逃げてきたのかな。身を隠すなら、もっと大きな町はいくらでもあろうに」

「前に、彦根に住み着いたのは、お城がことのほか気に入ったからだとおっしゃってましたで。あんなに姿のよい城はほかにないと、口癖のようにいわはってましたわ」

「健拓庵だが、青帆は建物を借りたのか」

「ええ、さようで。診療所を開いて最初はまったく流行らなかったのでおますが、卒中で倒れた独り暮らしの年寄りの面倒を最期まで見たことで、先生の運は一気に上がりはったんですわ」

「ほう」

相槌だけ打ち、俊介は談助の言葉を待った。

「結局、その年寄りは死んでしまったんですけどな、その後、先生はあっという間に金持ちになりはったんですわ」

「どうして金持ちになった」

「それがよくわからんのですわ。急に羽振りがよくなったんですね。年月がたって今でこそこんなにぼろっちくなってしまいましたけど、この診療所も先生が建て直したんですわ。そのあと、さまざまな病気を治すことで先生は有名になり、ついにはお殿さまの病まで治されて、御典医になられましたがな。このあたりの者はそりゃ、びっくりしましたで」

それだけの出世を目の当たりにすれば、仰天するのは当たり前だろう。

だが、と俊介は思った。いったいどうやって青帆は一気に金持ちになったのだろう。

「卒中で倒れた独り暮らしの年寄りだが、金をたんまりと貯め込んでいたというようなことはなかったか」

「ありまへんなあ」

談助が言下に否定する。

「あっしと同じ人足でんがな。人足なんか、その日暮らしでっせ。金なんて貯まるもんじゃありゃしまへん。あっしは今、なんとかせがれ夫婦に養ってもらってますけどな。すっかり邪魔者ですわ」

「青帆がいきなり金持ちになった理由を知る者はおらぬか」

「おりまへんでしょうなあ。そのことは青帆先生、決して口にしまへんでしたからなあ。その秘密を知っている者はただ一人ですな」

「青帆だな」

「へえ、おっしゃる通りで。先生以外、誰もおりまへんでしょうな」

「談助、ときを取らせてすまなかったな」

財布を取り出した俊介は、少ないが、といって談助に五枚の四文銭を握らせた。

「えっ、こんなによろしいんでっか」

「もちろんだ。受け取ってくれ」

「おおきに」

ぺこりと頭を下げた談助が、手のうちの四文銭をまじまじと見た。それから顔を上げて俊介を見つめる。

「お侍はきっとこれから出世なさるでえ。あっしには、はっきりとそのお姿が見えておりまんのや」

ほくほくとした顔で談助が歩き出す。目指すのは、この刻限でも酒を飲ませてくれる店だろうか。

談助と別れた俊介と弥八は、そのあと近所の聞き込みを、熱を入れて行った。

だが一刻後、青帆以外、金持ちになった理由を誰も知らないという談助の言葉が正しかったことが証されただけだった。

疲れを覚えた俊介は、いったん大堀屋に引き上げることにした。

彦根見物をするといっていた良美と勝江も、俊介たちのことを案じているのではあるまいか。顔を見せてやらなければならない。

それ以上に、俊介は良美に会いたい気持ちで一杯だった。

第三章　対の鏡

一

風呂に入りたい。

ひどく汗臭い。

頭もかゆい。

塀際に身を寄せてしゃがみ込んでいる皆川仁八郎は、鬢《びん》のあたりから頭の後ろにかけて、思い切りかきむしりたかった。

だが、今は静けさの波に浸りきった真夜中である。そんな真似をしたら、その音は犬の遠吠《とおぼ》えのように響くにちがいない。

牢獄の宿直《とのい》の者に、外の塀際にひそむ者がいることを教えるようなものだ。今はとにかく我慢である。

彦根に着いたのは何日前だったか。そんなに前のことではないのに、記憶がぼやけている。眉根を寄せて、仁八郎はなんとか思い出そうとした。三日前だろうか。

彦根に来てからこれまでに二度、深夜の琵琶湖の波打ち際に出て、下帯一枚の姿で体と髪を洗ったが、熱い風呂に浸かったときの気持ちよさとはまったくちがうものだった。

汗は流せたとはいえ、すっきりした気分にはならなかった。着物も、同じものをずっと着っぱなしである。

先立つものがないわけではないのだから、やはり旅籠に泊まるべきだったか。野宿というものは正直、きつい。

これまで野宿など、一度もしたことはなかった。今の世の侍は柔《やわ》なものだ、と思わざるを得ない。

戦国の昔の武士たちは、野陣を張った際、毎日が野宿だったはずだ。寺などに泊まることができた者は、ほんの一部でしかなかっただろう。

それを考えれば、二、三日、野宿をしただけで弱音を吐くなど、もってのほかだ。これも剣の修業の一環だと考えればよいのだ。

それに、と仁八郎は思った。俊介さまから預かった大事なお金を、自分のために使うわけにはいかぬ。

もし唯一使っていいとするのなら、それはこの頭の治療に用いることであろう。それ以外に費やすなど、とんでもないことだ。

医篤庵の治療のおかげで頭の病はだいぶよくなり、激痛に襲われて気を失うことはなくなった。

これには本当に助かっている。それまでは、どこで意識を失うか、不安でならなかったのだ。橋を歩いていて急に痛みにやられて川に落ちるといった、命をなくしかねない危険だけでなく、厠で気を失って便器に顔を突っ込むというようなことも、日常、十分にあり得たのである。

そういう不安をぬぐい去ることができたのは、千彩のおかげといってよい。女だといっても、甲斎が最も信頼を寄せていた医者だ。腕は抜群である。

仁八郎も、千彩を心から頼りにしていた。歳は二十四というから姉くらいの歳といってよいが、どこか母親を思わせる人で、とても優しかった。こうして顔を見られなくなって、仁八郎は恋しくてならない。会いたいという気持ちが募りに募っている。

千彩の面影を胸に引き寄せ、仁八郎はじっと見た。千彩は悲しげな顔をしている。牢獄に捕らわれて、ひどい目に遭っているということだろうか。

胸が痛む。なんとかしてやりたい。

キリシタンに対する拷問は、むごいものばかりだと聞いたことがある。千彩がそんな目に遭っていないか、仁八郎は案じられてならない。

——なんとしても救い出す。

すでに仁八郎は決意を固めている。

もし医篤庵で千彩の治療を受けていなかったら、頭の病がここまでよくなったはずがない。もちろん、甲斎がいたからこそ治癒寸前までできたのは疑いようがないが、千彩の心身ともに捧げ尽くすような治療のおかげで、治りが早くなったのは、まちがいない。

まだ完治していないから無理は禁物、もし無理をすれば命に関わると、医篤庵で甲斎先生にいわれたが、千彩どのを救い出すためにはこの命などどうでもよい、と仁八郎は本気で思っている。

もちろん千彩は、仁八郎さんに死なれたらこれまでいったいなんのために懸命の治療を続けてきたのかわからなくなります、というに決まっている。

だが、仁八郎は命など惜しくない。返しきれぬほどの恩がある人を助け出すのに、命を投げ出すのは当たり前のことだろう。

懸命、という言葉は文字通り、命を懸けると書く。千彩は命を懸けて、この頭の治療をしてくれたのだ。

それに対し、命を惜しんでなどいられるものか。

――牢獄破り。

これが最良の手立てとは、仁八郎も思っていない。だが、今は一刻も早く千彩を自由の身にしなければならない。

そうしないと、千彩は心身ともにぼろぼろになってしまうだろう。

それに、と仁八郎は思った。千彩どのがキリシタンなどとあり得ぬ。でたらめでしかない。無実の罪の者を救い出すのは、当然のことではないか。

医篤庵で仁八郎は、千彩と互いの菩提寺《ぼだいじ》のことを話したことがある。千彩はいかにも楽しそうに、督豪寺《とくごうじ》という菩提寺の住職について語ったものだ。諧謔《かいぎゃく》に富む老僧侶らしく、幼い頃に滅法おもしろい説法を聞いて千彩は仏道の教えに興味を抱き、その寺の本堂でよく写経をしたそうだ。

医篤庵でも、心を静めるためなのか、写経する姿を見ることがあった。写経のあとは、目を閉じて般若心経《はんにゃしんぎょう》を唱えていた。

そんな女性《にょしょう》がキリシタンであるはずがない。千彩をキリシタンとして捕らえた彦根の役人の目は、節穴でしかない。

おそらく、と身じろぎ一つせずに仁八郎は考えた。千彩どのがキリシタンであるという証拠を、役人が手にしたのはまちがいないだろう。だが、きっとそれはでっち上げに過ぎない。

医篤庵においてその実力を甲斎から認められ、八面六臂《はちめんろっぴ》の活躍ぶりだった千彩が彦根に戻らざるを得なくなったのは、父親の早紹が押し込みに遭い、殺害されたからだ。

ところが、彦根に帰った途端、千彩はキリシタンとして捕らえられてしまった。

父の死と娘の捕縛。これだけでも、陰謀のにおいがぷんぷんするではないか。

あのとき、と仁八郎は後悔とともに思い返した。甲斎先生の制止を振り切り、千彩どのと一緒に彦根へと向かうべきだった。そうすれば、千彩どのを牢獄に送り込むようなことにはならなかった。

俺は、と仁八郎は自らを恥じた。病に冒されたおのが身を大事にしてしまったのだ。侍として、男として、あるまじき行いとしかいいようがない。

ときが戻れば、決してそんな真似はせぬのに。

だが、今はそんなことを考えても詮ないことだ。

何者の企てか、仁八郎にはまったくわからないが、なんらかの陰謀のために千彩は無実の罪でつかまった。そうであるなら、牢を破ってもかまわぬではないか。

俺は正義を行うのだ。

いずれ千彩の無実ははっきりし、牢獄から解き放たれることは決まっているのだ。それが今夜なのか、後日なのか、たったそれだけのちがいに過ぎまい。

どこからか鐘の音が響いてきた。仁八郎はぴくりと顔を上げた。

あれは九つの鐘だ。この塀際にひそんだのは、四つの鐘が鳴った直後だった。

それから一刻が経過したことになる。ときがたつのは意外に早かった。

三つの捨て鐘がまず鳴らされ、次いでゆっくりと九つ打たれた。名残を惜しむかのように鐘の音は静かに中空に吸い込まれていった。

――行くか。

決行すると定めていた刻限が、ついにやってきたのだ。

ほっかむりをして立ち上がるや、仁八郎は顔をしかめた。頭が痛んだのではなく、立ちくらみがあったわけでもない。ただ、自分の汗がひどくにおったのだ。

――このにおいのせいで、牢役人に忍び込みを覚られぬか。

だが、ここで引き返すわけにいかぬ。

今夜は新月である。絶好の機会といってよい。空は曇っており、星の瞬き一つ見えない。黒漆《くろうるし》を塗りたくったように真っ暗である。

この機会を逃がすわけにはいかない。囚われの身となった千彩の体力、気力は、ともに限界がきているのではないか。

塀に立てかけてあった刀を、仁八郎は手にした。それを背負い、左肩の上と右の脇の下から下げ緒を回して、胸の前でしっかりと結んだ。

これで刀をしっかり背負うことができた。刀の柄《つか》は左肩のところに見えている。

――行くぞ。

おのれに気合をかけた仁八郎は足音と気配を殺し、塀に沿って歩き出した。

暗闇の中に辻がぼんやりと見えている。あの角を曲がって五間ほど進んだところに、牢獄の表門がある。

乱暴なやり方だが、仁八郎はくぐり戸を斬り破るつもりでいる。さすがに鉄板の貼られている門のほうは無理だが、通常のものより厚い用材が使われているだけのくぐり戸ならやれると、下見の際に確信したのだ。

外からは見えないように工夫されているようだが、塀が一重でないのはわかっている。牢獄という建物の性格からして、必ず塀は二重になっていよう。

二重目の塀の門は、表門ほどは頑丈にはできていないはずだ。見た目は堅牢そうに見えても、きっと大した造りではないのではないか。門としては、かなり小さなものであろう。

甘すぎるか。

二重目の塀の門を蹴破って牢獄内に入り込み、千彩を捜し出す。

千彩はきっと立ち上がれないくらい衰弱していよう。千彩を抱きかかえて、仁八郎は牢獄の外に逃げ出さなければならない。

だが、牢役人たちも脱走劇を、指をくわえて見ているはずがない。それをどうするかが一番の問題だ。

もちろん仁八郎に殺す気はない。そんなことをしたら、本物の犯罪人になってしまう。自分だけならまだしも、千彩をお尋ね者にするわけにはいかない。

できれば、牢役人たちを傷つけたくもない。なんとか怪我をしない程度に気絶させることができたら、と思っている。

脱獄を許したことを上の者から咎《とが》められて、切腹という重い沙汰が下るようなことはないだろうか。そこまではない、と仁八郎は信じたかった。

まだ千彩の脱獄が成功したわけではない。今は余計なことは考えず、成し遂げることに全力を傾けるべきだろう。

最初の角を曲がろうとして、仁八郎はつと足を止めた。なにやら左側の道脇に、人の気配があるような気がしてならない。

そこは狭い路地になっているようだが、人がひそんではいないか。

勘ちがいだろうか。

塀の角に身を寄せて、仁八郎は暗闇の向こうの路地をじっとうかがった。

――わからぬ。

なんの動きも見えない。人影らしいものもない。濃い闇と胸の高ぶりが、いもしない者の気配を覚えさせているだけかもしれない。

だが、このまままっすぐ進んで牢獄の出入口に近づいた途端、路地にひそんでいる何者かが、襲《お》いかかってくるような気がしてならない。

仁八郎は胸を圧すものを感じている。なにか壁が立ちはだかっているかのようだ。

この俺が千彩どのを救い出すことを覚った者が、先回りしているのだろうか。

――そうかもしれぬ。

ここは戻るしかない。気配を押し殺して、仁八郎は後戻りした。先ほどまでひそんでいた暗みに体を静かに入れる。

――ふむう。

仁八郎はうなるしかない。

——どうする。

自らに問いかけた。

——やはりここで引き返すわけにはいかぬ。

だからといって、牢獄の表門にはもう行けない。襲いかかってきた者を倒したとしても、牢獄の真ん前で騒ぎを引き起こすことになり、眠っている牢役人の目を覚ますことになるからである。

しかも、道の脇にひそんでいるのが何人かもわからない。一人ということは、まずあるまい。

仁八郎は頭上の塀を見上げた。

どうやらこれを乗り越えるしかなさそうだ。

だが、一丈半もの高さがある。

——どうすればよい。

こいつを使うしかあるまい。

胸の前で結んだ下げ緒を解いて、仁八郎は背中の刀を塀に立てかけた。下げ緒を右手に握って、ゆっくりと刀の鍔《つば》に右足だけを乗せる。鍔に両足は乗らない。

仁八郎の重みで鞘尻《さやじり》が土にぐっとめり込み、少しふらついたものの、なんとかこらえた。ここで地面に落ちるわけにはいかない。

鍔の上で背伸びをし、仁八郎は左手を思い切り伸ばした。だが塀の一番上に、手はまったく届かない。小柄な体が呪わしい。

仁八郎は鍔から柄頭に右足を移した。そうすると、一尺近く高さが増した。刀が頼りなく揺れる。体もふらつく。

ふらつきをなんとか抑え、そこからまた左手を伸ばしてみたが、まだ塀の上には届かない。あと七、八寸はある。

――ほかに手はなし。

柄頭の上で仁八郎は右膝を折り曲げた。その姿勢でじっと塀の上を見据え、目標を定める。

その目標を見定めた瞬間、えい、と心で気合を発し、仁八郎は柄頭を蹴った。

――南無三。

体を跳躍させ、その上で左手を思い切り伸ばす。全身も伸ばした。

届けっ。その願いがかなったように塀の上に手が触れた。

――やった。

力を込め、指を塀の上にかける。しかし、五本の指が完全にかかる前に汗でつるりと滑り、仁八郎の体は落ちかけた。

ここでしくじってなるものか。

仁八郎は執念で塀をつかんだ。

それでも、今は左手のみで塀にぶら下がっている状態だ。右手は刀の下げ緒をつかんでいる。下げ緒に吊られて刀は宙に浮いている。

仁八郎はまず慎重に下げ緒を引っ張り、刀をそろそろと引き上げた。右手だけでかろうじて腰に差すことができた。これでようやく両手が使えるようになった。

自由になった右手を伸ばして、仁八郎は両手で塀をつかんだ。両腕に力を込め、体を持ち上げにかかる。こういうとき小柄な体はありがたい。

次の瞬間、仁八郎は軽々と塀の上に乗り、腹這いになっていた。

一丈半という高さを頼みの綱としている塀には、忍び返しは設けられていない。

腹這いになったまま下を見やる。二百坪ほどはある敷地に、いくつかの長屋のような建物がある。

あのどれかに千彩は入れられているのだ。どんなに心細いだろう。千彩のことを考えたら、涙がにじみそうになった。

だが、まだ塀の上まで来たに過ぎない。こんなところで泣いている暇はない。

下を見やると、案の定、塀は二重になっていた。仁八郎が腹這っている塀と二重目の塀のあいだは通路になっている。通路の幅は一間半ばかりだ。

――この程度の幅なら、跳び越えることができるのではないか。

それができれば、出入口の戸をわざわざ壊さずに済む。眠っている牢役人たちを起こすこともない。

宿直の牢役人が詰めているらしい小屋が左側に見えている。板の隙間から、わずかに明かりが漏れていた。

あの小屋のそばにあるのが、二重目の塀の出入口だろう。ここからだと距離は五間近くあり、二重目の塀の向こうにうまく着地できれば、その音が届くことはないのではないか。牢獄内に入り込んだことを、牢役人に気取《けど》られるとは思えない。

刀を再び背負い、仁八郎は音が立たないように塀を蹴った。両手を前に突き出して宙を飛ぶと、二重目の塀が眼前に迫ってきた。

両足を折り曲げて、仁八郎は塀を越えた。体が落ちはじめ、地面に足が着いた。着地の際、仁八郎は足を曲げて衝撃を膝に吸収させた。土が軟らかいこともあって、音はほとんど立たなかった。

――さて、千彩どのはどこなのか。

不意に、いくつものいびきが耳に飛び込んできた。それまではまったく聞こえなかった。牢獄内に入ることに神経を集中していたからだろうか。

いびきは、すぐそばに建つ、窓のまったくない建物から聞こえてくる。ここに収牢されている男たちが発しているものだろう。いびきは二十人では利かない。

ここには千彩はいない。きっと女だけが入れられている牢屋があるはずだ。

牢役人といきなり出くわさないように気を配りつつ、仁八郎は牢獄内のいくつかの建物の気配を外から嗅いでいった。

いびきが聞こえてきたのは、最初の建物と三つ目の建物である。三つ目の建物にも男の罪人だけが詰め込まれているようだ。

ほかに比べたら上質の材木を使っている、こぢんまりとした建物もあった。そこに人の気配はなかった。この建物には罪を犯した武家が入れられるのだろう。いま牢屋入りしている武家はいないのだ。

最後の一つの建物は、静けさに包まれていた。男たちが入れられている建物の半分くらいの大きさしかない。

――ここだな。

建物を見つめて仁八郎は確信を抱いた。右側に設けられている出入口に回る。戸口には大きな錠がついている。戸もがっしりとしていかにも頑丈そうだが、見かけ倒しに過ぎぬ、と仁八郎は踏んだ。背中から刀を取り、腰に差し直す。刀をすらりと抜き、正眼に構える。明かりはほとんどないのに、生き物のように刀身が一瞬、光を帯びた。

その光を目の当たりにした仁八郎は、愛刀も主人である自分を応援しているような気がし、全身からすっと力が抜けた。その瞬間、仁八郎は戸に向かって刀を振り下ろしていた。

なんの手応えもなかった。仁八郎はすぐさま刀を鞘にしまった。

まず錠が二つに割れ、下に落ちはじめる。仁八郎は途中でそれを受け止め、静かに土の上に置いた。

次いで戸が二つになり、片一方が、がたん、と音を立てて傾いた。あっ、と仁八郎は手を伸ばしたが、遅かった。

しまった。仁八郎はほぞを噛んだが、もう遅い。今の音は相当、響いた。牢役人たちが起きだしてくるにちがいあるまい。

急がねばならぬ。

仁八郎は出入口をくぐり抜けた。

そこは土間になっており、横にある小さな部屋に人が一人詰めていた。年寄りである。

つい先ほどまで眠っていたようで、ほの暗い行灯の明かりを浴びた顔は明らかに寝ぼけている。ほっかむりをしている仁八郎を見て、それでも声を上げかけたが、その前に当身を食らって気絶した。

すまぬ。

心で謝っておいて仁八郎は、年寄りの体を部屋の畳の上に横たえた。つり下げられた鍵を手に取った仁八郎は狭い通路を歩き、千彩を捜した。

この建物内には、格子のされている牢屋が三つあった。最初の二つはいずれも空で、罪人は入れられていなかった。

いちばん奥の牢屋に、仁八郎は足早に近づいた。

――頼む、いてくれ。

願いつつ、仁八郎は牢屋をのぞき込んだ。

暗さがどろりと横たわる中、背筋を伸ばして一人の女がきちんと正座していた。こちらをよく光る目で見ている。

――千彩どの。

その姿を目の当たりにして、仁八郎は安堵した。瞳にあれだけ力が満ちているのなら、大丈夫だろう。千彩は存外に元気そうだ。拷問は受けていないのだろう。よかった。仁八郎の胸は喜びに満ちた。

「千彩どの」

抑えた声で仁八郎は呼びかけた。それを聞いた女の口から、えっ、と声が漏れる。

「仁八郎さん……」

信じられないという顔で千彩が闇を見つめ、膝をにじって、小さな格子戸のついたところにやってきた。

「どうやってここに」

「なに、忍び込んだんだ」

「忍び込んだ……」

「千彩どの、助けに来た」

「ええっ」

「早く逃げよう」

鍵を使って、仁八郎は錠を外した。きしんだ音を立てて小さな格子戸が開く。

だが、千彩は戸惑っているかのようにそこから動こうとしない。

「千彩どの、早く」

手を伸ばして仁八郎は千彩をうながした。こんなときだが、自分の体がくさいことが仁八郎は気にかかった。

「でも——」

「もうじき牢役人どもが大挙してやってくる。その前にここを出るんだ」

「でも、出る理由が私にはありません」

「なにをいっているんだ。千彩さんは無実だろう。無実の者がいつまでもこんなところにいてはならぬ」

「無実だからこそ、ここにいなければいけないのです。脱獄なんかしたら、キリシタンであることを認めるようなものです」

強い口調で千彩がいった。

「頼む、千彩どの、出てくれ」

仁八郎は懇願した。

「でも――」

「お願いだ。千彩どのを、こんなところにいつまでも置いておくわけにはいかぬ」

まだ千彩は迷っている。というより、ここを出る気が本当にないのだ。二つの瞳が毅然とその意思を語っている。

――なんてことだ。

千彩の決意を読み取り、仁八郎は呆然としかけた。

「――きさま、なにをしておる」

　土間のほうから怒号が放たれた。龕灯の明かりが目に入る。ついに仁八郎が恐れていたことが起きたのだ。

「おのれ、許さぬぞ」

　土間に倒れた年寄りの牢番を目の当たりにしたか、一人の牢役人と思える者が、長脇差を抜き放つや躍りかかってきた。

　仁八郎は横に振られた斬撃を横に動いてかわし、牢役人の脇腹に手刀を入れた。どすっ、と音がし、うっ、とうめいて牢役人が前のめりになる。牢役人はなんとか体勢を立て直そうとしたが、体から力が抜けたらしく、その場に倒れ込んだ。ぴくりとも動かない。

「千彩どの」

　すぐにもう一人の牢役人があらわれた。すでに長脇差を抜き、手にしている。

「なにやつっ。破牢に手を貸す気か」

　牢役人が突進してきた。長脇差を袈裟懸《けさが》けに振り下ろしてくる。

　前に出た仁八郎は斬撃《ざんげき》をかいくぐり、拳を牢役人の腹に浴びせた。うぐっ、と息の詰まった声を発して、牢役人が膝から崩れ落ちる。

「行こう、千彩どの」

必死の思いで仁八郎は呼びかけた。根負けしたように千彩がうなずいたように見えたが、はっきりと見えたわけではなかった。不意に、仁八郎の視野から千彩の姿が消え失せたからだ。

――な、なんだ。

仁八郎が困惑した次の瞬間、頭に激痛が襲ってきた。

ああ、また起きてしまった。

仁八郎は絶望感を抱いた。これでは千彩どのを救えないではないか。こんなときに発作が起きてしまうなど、なんという運のなさだろう。

ううぅっ。頭を両手で押さえ、仁八郎はうなり声を出した。漆黒の闇に覆われて、目の前はなにも見えない。

「千彩どの、どこだ」

「――仁八郎さん」

のたうち回るような痛みの中、仁八郎は千彩が牢屋を出てきたのを知った。

——そ、それでいいんだ。

激しい痛みに気を失いそうになりながらも、仁八郎は胸をなで下ろした。

あたたかな手が仁八郎の背中に触れる。

「仁八郎さん、しっかりしてください」

医者らしく、揺さぶるような下手な真似は決してしない。どうすればよいか、千彩は冷静に見極めているのではないか。

新たな牢役人が駆けつけてきたことを気配から仁八郎は知った。絶体絶命、という言葉が脳裏をよぎってゆく。

もう駄目だ。仁八郎はあきらめるしかなかった。こんな状態ではどうすることもできない。頭の痛みは去るどころか、ますます強くなっている。気を張っていないと、失神してしまいそうだ。実際、気が遠くなる瞬間がすでに何度も訪れている。

千彩どのは牢に戻され、俺は牢役人の手によってふん縛られるだろう。

だがそうなる前に、びし、ばし、どん、がたん、と立て続けに手荒い物音が仁八郎の耳に飛び込んできた。どこか遠いところで発せられている音であるかのように、激しい痛みと闘いつつも仁八郎はぼんやりと聞いていた。

その音が不意にやみ、牢獄内が静かになった。だが、仁八郎の体に縛めはされそうになかった。あたたかな手は、そっと背中に当てられたままである。

その手のおかげで、痛みが少し和らいだような気がした。なんとか気を失うのは避けられそうだ。この程度でおさまるなど、これもきっと病がよくなった証だろう。

——それにしても、いったいどういうことだ。なにゆえ縛めがされぬのだろうか。

「——仁八郎」

すぐそばから優しい声が投げられた。広島で別れて以来、一日たりとも忘れたことのない声である。

「大丈夫か、仁八郎」

俊介さま。顔を上げて、仁八郎は俊介を捜そうとした。だが、相変わらず真っ黒なとばりが降りたままだ。

「無理するな、仁八郎。じっとしておれ。いま運び出してやる」

先ほどの物音は、と仁八郎は覚った。駆けつけた牢役人たちを俊介さまが倒した音だったのだ。

俊介さまのことだ、加減は心得ているだろう。牢役人たちは気絶しているに過ぎまい。

「いや、俊介さん、俺が運ぼう」

別の声を仁八郎は聞いた。この声は弥八である。

そうか、弥八さんも一緒だったのか。だったら、伝兵衛どのもいるのだろうか。

だが、なつかしいしわがれ声は聞こえない。来ていないようだ。

伝兵衛さんは、今夜は留守居ということか。

「いや、俺が運んでやりたいのだ」

「今は俺が運んだほうが早かろう」

「うむ、弥八のいう通りだ」

「仁八郎さん、担ぐぞ」

弥八の声がかけられ、仁八郎は、あっという間にがっしりとした肩の上に乗せられたのを知った。このくさい男を担ぐなど、と仁八郎は思った。弥八さんも災難だな。

「仁八郎さん、では行くぞ」

千彩どのはどうしているのですか、と仁八郎は聞きたかった。

「そなた、千彩どのだな」

凛《りん》とした俊介の声が仁八郎の耳に入る。

「はい。あなたさまは俊介さんですね。そちらは弥八さん」

「うむ、俺たちのことは仁八郎から聞いていたか。逃げ出す気はないのかもしれぬが、千彩どの、仁八郎のためにも一緒に来てくれぬか」

「承知いたしました」

ためらうことなく千彩が答えたのがわかり、仁八郎はうれしくてならなかった。

仁八郎を担ぎ直して、弥八が動き出す。その力の強靱《きょうじん》さに、仁八郎は心強いものを感じた。

「弥八さん、できるだけ揺らさないようにしてください」

穏やかな声で千彩が注意する。

「ああ、すまぬ。気をつけよう」

かたじけない、俊介さま、弥八さん。よく来てくださった。

仁八郎は心の中で手を合わせた。

しかし、どうして俊介さまたちがこの場に駆けつけることができたのか。

仁八郎の中で、新たな疑問がわき上がってきた。

――ああ、そうか。

弥八の肩の上で揺られつつ、仁八郎は納得した。牢獄の表門近くの路地にいたのは、俊介さまと弥八さんだったのだ。

医篤庵の甲斎に託した文を読んだ俊介たちは、急いで彦根にやってきてくれたのだろう。彦根で仁八郎がどういう動きをするか、俊介は見抜き、新月の今夜、仁八郎が牢獄に忍び入ることを確信して、弥八と二人で待ち構えていたにちがいあるまい。

路地にひそんでいて牢獄の中で騒ぎが起きたことを知り、すでに忍び込んだ仁八郎によって引き起こされた騒ぎであると覚った俊介たちは、すぐさま駆けつけてくれたのだろう。

俊介さま、と仁八郎は呼びかけた。だが、その声は俊介に届いていない。いや、声になって出ていないのだろう。
俊介さまたちは、いったいどうやってこの牢獄に入ることができたのだろう。
仁八郎は知りたくてならなかった。
ああ、そうか、弥八さんなら、あの高い塀も楽々と乗り越えることができるのだな。
さすがだなあ。俺もそんな技がほしいなあ。
そんなことを思ったら、仁八郎は意識が遠のきはじめたことを覚った。
唐突になにも聞こえなくなり、体が揺れているのも感じなくなった。
ただ、母親に抱かれているような安心感だけがある。
ああ、ついに俊介さまに会えた。うれしいなあ。お顔を見たいなあ。
そこまで思ったとき、仁八郎は完全に気を失った。

二

前を駆けているのは、仁八郎を担いだ弥八である。
その次を走っているのは千彩だ。

背後の気配に注意しつつ、俊介も駆けている。追ってくる者は一人もいない。牢役人はすべて倒したということか。

やがて闇の中、うっすらと表門が見えてきた。その近くにも人影らしいものはない。

表門のそばで、二人の門番は倒れたままだ。

表門の向かいの路地で仁八郎が姿をあらわすのをひたすら待っていた俊介と弥八は、牢獄内での騒ぎを聞きつけ、なにが起きたのかすぐさま覚った。

どこからかわからないが、すでに仁八郎は牢獄内に入り込んでいたのだ。

路地を飛び出すや、塀に飛びついた弥八が一気によじ登った。一瞬で塀を乗り越え、牢獄内に降り立った弥八は宿直の二人の門番を気絶させ、すかさず中から門を開けて俊介を招き入れたのである。

二重目の門は弥八が体当たりを食らわせると、たやすく壊れ、体が入るくらいの隙間ができた。

怒号が聞こえている方角を目指し、俊介たちは走った。そして、ややこぢんまりとした建物で、騒ぎが起きていることを知ったのだ。

俊介たちがその建物の中に飛び込んだとき、すでに仁八郎は牢屋の前で倒れていた。牢役人に仁八郎がやられるはずがなく、なにが起きたのか、俊介はすぐさま覚った。

牢役人は中間や小者を入れると十人近くいて、いきり立って長脇差や六尺棒を振りかざしていた。二人の中間が今しも仁八郎に縛めをしようとしていた。長脇差を手にした牢役人が俊介たちを見て、きさまらもこやつの仲間か、と怒鳴って突っ込んできた。

弥八が素手で立ち向かい、牢役人や中間、小者たちを次々に倒していった。俊介も手刀で三人を倒した。

表門にたどり着いた弥八が足をゆるめ、仁八郎を肩に担いだまま外の様子をうかがった。

「誰もおらん。騒ぎを聞きつけた者はおらんようだ。よし、行こう」

俊介にうなずきかけて、弥八が外に出た。肩に乗っている仁八郎は、いつの間にやら気を失っているようだ。千彩が弥八のあとに続き、その後ろに俊介はついた。

「俊介さん、これからどこへ行く」

振り返って弥八がきいてきた。

「仁八郎さんを担いで、大堀屋には行けぬぞ。牢獄が破られたという噂は、彦根の町にあっという間に広まろう。旅籠でひと休みしていたら、町奉行所の捕手《とりて》が明け方にも踏み込んでくるのはまちがいないぞ」

「その通りだな」

俊介は同意した。

「大堀屋の者が仮に沈黙を守ったとしても、きっと外の誰かが見ているものだ」

「でしたら――」

それまで黙り込み、仁八郎の様子をひたすら気にしていた千彩が口を開いた。

「うちの菩提寺にまいりましょう」

「菩提寺というと」

足早に歩を進めながら、俊介はきいた。

「督豪寺といって、礎安《そあん》和尚というお方が住職をつとめていらっしゃるお寺さんです。そこならば、きっとかくまってくれるものと思います」

確信ありげな顔で千彩がいう。

「督豪寺はここから近いのか」

「近くはありませんが、さして遠くもありません。十二、三町くらいでしょうか」

「提灯はないが、千彩どの、夜道を案内できるか」

「お任せください。私は夜には強いのです。夜目が利くとはさすがに申しませんが、職業柄、何日も徹夜が続くことがあります。日のあるうちよりも夜のほうが得意なのです」

小さく笑って千彩が先頭に立った。

夜のほうが得意か、と俊介は千彩の背中を見つめて思った。弥八と同じではないか。

千彩の後ろに仁八郎を担いだ弥八がつく。

「それにしても仁八郎さんはくさいな」

弥八がぼやく。

「この分ではずっと野宿を続けていたのはまちがいないな」

きっと弥八のいう通りだろう、と俊介は思った。俊介から預かった金を使うわけにはいかないと心に決めていたのだろう。

「その礎安和尚という住職は信用できるのか」

そのさらにあとに続いた俊介は、千彩に向かって問いかけた。

「もちろんです」

振り向いて千彩が形のよい顎を引いた。

「私が幼い頃からのつき合いですから。とても楽しい和尚さんなんです。それに昔、和尚さんが大病したとき、父が治したのです。和尚さんは、早紹さんには感謝してもしきれんわな、と常々おっしゃっています」

そういうことなら、信用しても大丈夫かもしれない。

ふと気にかかり、俊介は後ろを見やった。追っ手がかかっているような物々しい雰囲気は感じられない。ぴりぴりぴりという呼子の音色も聞こえてこない。安心はできないが、ひとまず息はつけそうだ。

「礎安和尚は、歳はいくつだろう」

黙っているのがなんとなくいやで、俊介はたずねた。

「もう八十に近いでしょう。七十八だと思います」

「今も矍鑠《かくしゃく》としているのか」

「だと思いますが」

やや自信なさげに千彩が答える。

「最後にお目にかかったときは、とてもお元気そうでした。しかし、あれはもう三年も前になります」

そうか、と俊介はいった。三年もたてば、年寄りはがらっと変わるものだ。健やかだった者が寝たきりになったりするのも珍しいことではない。父の幸貫も、三年前は元気だった。それが今や明日をも知れぬ命である。

とにかく寺に身を隠すというのは、と俊介は思った。とてもよいことかもしれぬ。キリシタンの疑いをかけられた者が寺にひそんでいようとは、誰も思わぬのではないか。

その後、話をしながら歩くのにはあまりに静かすぎることに気づき、俊介たちは人けのない道を無言で歩いた。

こんな深夜に出歩いている人など一人もいない。夜鳴き蕎麦《そば》の屋台も見かけない。彦根の者たちが好んで食するのは蕎麦切りではなく、うどんだろうか。どっちにしろ、だしのにおいを漂わせる屋台は、どこにも出ていなかった。

千彩は南へ向かっているようだ。

人家がまばらになり、あたりには田植えが終わったばかりの田んぼが広がりはじめた。肥のにおいも鼻先をかすめてゆく。

振り返り、俊介は背後の気配を再び嗅いだ。やはり追っ手が近づいているような感じは一切ない。今のところ、俊介たちがここにいることは気づかれていないようだ。

ときおり千彩が歩調をゆるめ、気がかりそうに、いまだ目を覚まさない仁八郎の様子を見る。そのたびに自分を納得させるように、千彩はうなずきを繰り返している。

仁八郎がどんな具合なのか、俊介は知りたかったが、今きいたところで、千彩が困るだけではないかと感じて黙っていた。

「菩提寺というのは、ずいぶん田舎にあるのだな」

仁八郎をそっと担ぎ直して、弥八が千彩にいった。

「ええ、もともと父がこちらの出なんです」

「父上か。早紹どのは気の毒をした」

俊介は心から悔やみを述べた。

「はい、ありがとうございます」

目を伏せて千彩が頭を下げる。

「つかぬことをきくが、千彩どのが城に呼ばれたというようなことはないのか」

「いえ、そのような事実はありません」

「早紹先生が呼ばれていたことは、存じているか」

「はい、それは知っておりました。父から文がきましたので」

「こたびの一件、千彩どのは罠にかけられたと思わぬか」

「罠――」

急ぎ足で行く千彩の足が止まりかけた。

「はい、考えました」

きっぱりとした口調で答えた。

「千彩どのは、誰にはめられたと考えた」

「それはまったくわかりません」

暗すぎて表情はわからないが、千彩は本音を吐露《とろ》しているようだ。

「御典医の仕業だとは」

「えっ」

その問いは意外だったようで、千彩はしばらく黙り込んでいた。

「御典医といえば、最上の腕を誇るお医者です。それだけのお医者が、私のような若輩者を罠にかけるとは思えません」

「千彩どの、甲斎先生から直央公のことは聞いているか」

はい、と千彩がこくりとうなずいた。

「お殿さまのことは、存じております。ただし、そのことを知ったのは甲斎先生からではありません。父の文に、他言無用の断り上、そのことが記してありました。俊介さまたちも、お殿さまの病状について、すでにご存じなのですね」

「俺たちは甲斎先生からうかがった」

「さようでしたか」

「俺たちが調べた限りでは、どうも青帆という御典医が怪しい」

ええっ、と千彩が言葉をなくす。

「青帆先生といえば、御典医筆頭をつとめられているお方ではありませんか」

「御典医筆頭だからといって、悪さをせぬとは限らぬ。なにか企んでいるのでは、と思えてならぬのだ。同じ疑いは、井伊家のさる重臣も抱いている」

「ご重臣が。さようですか」

千彩の顔には驚きの色が刻まれたようだ。

「その重臣が誰なのか、今は明かさぬほうがいいのではないかと俺は思っている。いずれ機会がきたら、そなたに話そう」

「ありがとうございます。――俊介さまは、青帆さまが父を殺し、私をキリシタンに仕立て上げたとお考えなのでしょうか」

「断言はできぬ。証拠は一切ないゆえ。だが、青帆という医者が限りなく怪しいのは事実だ」

「青帆先生は、いったいどのようなことを企んでいるのでしょうか」

「それは俺たちも知りたくてならぬ。同じ医者として、千彩どのに心当たりはないか」

しばらく千彩は考え込んでいた。

「私がキリシタンとして捕らえられたのは、父の診療所に置いておいた荷物から、鉄製の古い十字架と、耶蘇の神をかたどった焼物が出てきたからです」

このことは、町方同心の北川庫三郎の言と一致している。

「いきなり横目付の方々が診療所に見えて、私の荷物を検《あらた》め出したものですから、私は仰天しました。荷物の中に私の見覚えがまったくない品物があって、もっとびっくりいたしました」

督豪寺はまだ見えてこないかというように、千彩が顔を上げて前を見やる。あたりからは、ますます人家が減っている。ぽつりぽつりとしか家の影は見えない。肥のにおいはさらに強くなっている。

「私が他出したときに何者かが診療所に入り込み、そのような品物を荷物の中に忍ばせたのでしょう」

千彩がキリシタンとして捕らえられたから、瑞玄庵は立ち入りができなくなっただけで、押し込みにやられた直後は、なにごともなく出入りができていたのだろう。

「私を罠にかけた人は、どうしてキリシタンの品を用意できたのか、そのことが私はなにより不思議でした」

「千彩どの、青帆がキリシタンということは考えられるか。青帆がもしそうなら、証拠の品をそろえることはたやすかろう」

「さて、どうでしょうか」

歩を進めながら、千彩が首をかしげる。そっと歩み寄り、また仁八郎の様子を熱心に見た。別段、仁八郎に変わったところはないようだ。小康状態といったところか。

「青帆さまは、漢方医として名を上げた方と聞いています。すでに二十年も御典医として働いていらっしゃいます。もし本当にキリシタンであるなら、キリシタンとして手に入れられる薬を使いたいとの誘惑に駆られてもおかしくはないでしょう。しかし青帆さまには、そういう態度は微塵《みじん》も見られないようです。御典医として、今も漢方のみで治療に当たられているようです」

「だが、青帆にはきっとなんらかの狙いがあるはずなのだ。だから押し込みにそなたの父上を殺させ、そなたを罠にかけた。それは、やはり直央公をそなたらに診せたくなかったからだとしか、俺には思えぬのだ」

「私たちに診せたくなかった」

「そうだ」

そのとき俊介は、一つ思い出したことがあった。

「千彩どの、展快散という薬を存じているか」

「展快散ですか。いえ、聞いたことはありません。もちろん使ったこともありませんが、その薬がどうかされましたか」

「展快散を、青帆はどうやら卒中に効く薬として用いているようなのだが」

「卒中に……。展快散ですか。わかりませんね。その薬については、ちょっと調べてみることにいたします」

千彩ほどの医者でも知らない薬である。本当に卒中に効くものなのか。

「そうしてくれるか。なにやら胡散臭《うさんくさ》い気がしてならぬ」

それから一町ばかり歩いて、千彩が足を止めた。

「ここに泉が湧いています。喉が渇いてはいませんか」

「実はからからだ」

「でしたら、俊介さま、どうぞ」

「いや、千彩どのがまず飲んでくれ。女より先に男が飲むわけにはまいらぬ」

「よいのですか」

「もちろんだ」

仁八郎を担ぐ弥八もうなずいている。頭を下げて千彩が両手で水を受け、喉を鳴らしはじめた。あまりにうまそうで、俊介の喉はごくりと上下した。

「失礼いたしました」

軽く頭を下げて千彩が泉から離れる。

「弥八、そなたから飲め」

「いや、俊介さんこそ飲むべきだ」

「弥八、そなただ」

俊介は強い口調で告げた。

「そうか。では、遠慮なく」

仁八郎を肩に乗せたまま、弥八が泉に口を近づける。

「ああ、うまかった」

満足げな顔で弥八が口元を手で払う。

「甘露とはまさにこのことだな。俊介さん、さあ、飲んでくれ」

「では、ありがたく」

泉に近寄り、こんこんと尽きることなく湧き出る冷たい水を、俊介は両手で受けた。ごくごくと飲む。なんてうまいのだろう。水というのはありがたいものだな。

顔を上げて、俊介は嘆声を放った。

「とてもよい水だ」

「彦根のあたりは、湧水がとても多いのです。こんなにおいしい水は、そうそう飲めるものではありません」

江戸は水が悪い。こんなにいい水が湧いていたら、どんなにすばらしいことだろう。父幸貫の病にも効きそうだ。

「仁八郎に水を飲ませずともよいのか」

俊介は千彩にたずねた。

「はい、督豪寺に落ち着くことができたときに少しだけ飲ませれば、大丈夫でしょう」

「そうか。それならばよい」

俊介たちは再び歩きはじめた。

泉から一町ばかり進んだところで、千彩が斜め上方に目を向けた。

「あれが督豪寺です」

道からわずかに引っ込んだところに、二十段ばかりの石段が見えている。石段を登り詰めたところに古びた山門があり、扁額が掲げられていた。深い闇のせいで扁額になんと記されているか、俊介には読めない。

「さあ、まいりましょう」

千彩にいざなわれて、俊介たちは石段を上がった。ここまでずっと仁八郎を担ぎっぱなしだが、弥八の息づかいは少しも荒くなっていない。いくら仁八郎が小柄とはいえ、弥八の体力というのは馬を思わせるものがある。

「この門は開いているはずです。和尚は、来る者は拒まずの精神ですから」

勝手知ったるという顔で、千彩が山門を押した。だが、ぎし、という音がしてわずかに動いただけで、門は閉じられていた。閂が降りているようだ。

「あれ」

不思議そうにいって、千彩が首をひねる。

「こっちはどうかしら」

だが、くぐり戸も閉まっていた。

「どうしてかしら」

わけがわからないようで、千彩は呆然としている。

「寺のやり方が変わったのではないか」

俊介はいってみた。まさか和尚が死んだということはあるまい。もしそんなことがあれば、千彩に知らせがいかないわけがない。

「そうなのでしょうか。でも……」

千彩は納得がいかないという顔だ。

目の前の門が次に開くのは、明け六つではないか。それまでここで待つわけにはいかない。千彩が仁八郎をじっくりと診るところが必要だ。

さて、どうするか、と俊介は思案した。

「千彩どの、寺の入口はここしかないのか」

「さようです。大きな寺ではないものですから、裏門は設けられていないのです」

「千彩さん、くぐり戸を俺が開けてもよいか」

弥八がなにをするつもりなのか解して、さすがに千彩が難しい顔をする。しかし、仁八郎の治療をなによりも優先しなければならないという思いがまさったようだ。

「わかりました。お寺さんに忍び込むのは不本意ですが、今宵は致し方ないでしょう」

「かたじけない。――弥八、頼む」

「承知した」

うなずいて弥八が仁八郎を肩から下ろそうとした。俊介はそれを受け止めようと足を踏み出した。そのとき、わずかな気配を聞いたような気がした。

「弥八、ちょっと待て」

「どうした、俊介さん」

「人が近づいてくる」

「なんだって」

肩に仁八郎を担いだまま、弥八も耳を澄ませる。千彩も同様だ。

「ああ、確かに」

弥八も気配を嗅ぎ取ったようだ。

すぐに、土を踏む音がはっきりと聞こえてきた。ずいぶんとゆっくりした歩調である。

足音がすぐ近くまで来て止まり、ごほん、という咳払いが聞こえた。それが引き金になったか、咳が止まらなくなり、門の向こうにいる人物は激しく咳《せ》き込み続けた。

「和尚さま、大丈夫ですか」

驚いて千彩が声をかける。咳払いを聞いて、門の向こう側にいるのが誰か、千彩はわかったようだ。

「その声は――」

門の向こう側の人物も、びっくりしたようだ。そのおかげなのか、しゃっくりが止まるように咳もおさまった。

「千彩さんではないか」

しわがれ声がいい、猿が外されてくぐり戸が開いた。寝巻を羽織っている年寄りの顔がのぞいた。頭をつるつるに丸めている。

「ああ、本当に千彩さんだ」

顔を柔和にほころばせて、僧侶が喜びの声を上げた。

「ご住職――」

これが礎安和尚か、と俊介はじっと見た。

「こんなに遅くにどうした、千彩さん。とにかくお入りなされ」

「は、はい、ありがとうございます」

「お連れの方もどうぞ」

「かたじけない」

くぐり戸を入り、俊介たちは境内に足を踏み入れた。境内は清澄な大気に満たされており、俊介は気持ちよく汗が引いてゆくのを感じた。

「千彩さん、本当にどうされた」

くぐり戸を閉めた住職が案じ顔でたずねる。

「和尚さまこそ、どうされたのですか。こんな刻限に起きていらっしゃるなど」

「なに、年寄りは眠りが浅いのよ。なにやら門のほうから話し声が聞こえてきて、起きてしもうたわ。こんな貧乏寺に盗賊でも来たかと思うて、確かめに来たのじゃよ」

「住職のお目を覚まさせて、まことにすみませんでした」

「いや、千彩さんが来たのなら、目が覚めてむしろよかったの。それで千彩さん、いったいどうしたというのじゃ」

「実は逃げてまいりました」

「逃げてきた。――牢獄からかの」

真摯な口調で住職がきく。

「私が牢獄に入れられたことは、やはりご存じでしたか」

「知らぬはずがないの。おまえさんがキリシタンとして捕まったという噂を聞いたときは、なんと馬鹿ばかしいと思うたわ。最初は、なにかの冗談かとな。だが、どうやら本当のこととわかって、わしは心配でならなかったんじゃ。できることならお城に行って千彩さんのことを詳しく話したかった。濡衣を着せられただけだといいたかった。千彩さんがキリシタンであるはずがないからの。だが、残念ながら、今のわしは体が利かぬ。お城に行くのも正直きつい」

「和尚さま……」

「千彩さん、わしはもう駄目かもしれん」

あわてて千彩がかぶりを振った。

「和尚さま、そのような弱気をおっしゃってはいけません。病は気からというではありませんか。でも、本当にずいぶんとお痩せになってしまって。和尚さま、お医者にはかかっておられるのですか」

「もちろんじゃよ。だが、早紹先生があんなことになって、治療は中断じゃ。それにしても、早紹先生は気の毒をした。おまえさんの戻りを待って、葬儀を行うつもりじゃったが、おまえさんが捕らえられてしまったからな。遺骸はうちで引き取り、茶毘《だび》に付した。遺骨はあとで渡そう」

「そうだったのですか。父のことは気にはなっていたのですが。和尚さま、本当にありがとうございます」

深々と辞儀し、千彩が感謝の言葉を述べた。

「礼などいらんよ。わしらは家人も同然じゃからの。――千彩さんこそ、どうやって牢を破ったんじゃ。こちらのお二人の力添えがあったのかな」

「そういうことです。こちらは俊介さまと弥八さんとおっしゃいます」

はきはきと千彩に紹介されて、俊介は名乗り、頭を下げた。弥八も同じことをした。

「拙僧は礎安と申す。くたばり損ないじゃが、どうか、お見知り置きを」

実際、この暗さの中、礎安の顔色はひどく悪いのが知れた。死期が迫っているのは、まちがいないような気がした。だが、僧侶らしく、死を自然なものとして受け容れようとしている姿には、神々しさすら漂っている。

「ところで、弥八さんに担がれているのはどなたかな」

礎安にきかれて、千彩が説明する。

「ほう、医篤庵で千彩さんが世話をしていた患者さんか。この仁八郎さんが千彩さんを助けに来たのか。思い切ったことをするものじゃな。若いというのは無鉄砲だが、やはりいいものじゃな」

いかにもうらやましげに礎安がいい、仁八郎の顔を見た。

「おや」

「どうされました」

千彩がきく。

「これは本堂の床下で寝起きしていた若者ではないかの」

「えっ」

これには俊介のほうが驚いた。

「まちがいありませぬか」

「暗いが、まちがいないように思えますな」

そうだったか、と俊介は思った。仁八郎はこの寺で野宿していたのだ。千彩から聞いて、安心できる場所であると確信していたのだろう。

「ご住職、仁八郎さんを寝かしたいのですが」

千彩が申し出る。

「おう、そうじゃったな。こちらにおいでなされ」

ゆっくりと歩く礎安のあとについて、俊介たちは境内を歩いた。本堂の右手のこんもりとした林に礎安が足を踏み入れる。

「こちらを使いなされ」

俊介たちの目の前に建っているのは、離れのようだ。八畳間が一間あるくらいの広さである。

「広いとはいえんが、病人を寝かせるのなら十分じゃろう」

「助かります」

千彩が深く腰をかがめた。

「礼などいらんよ」

そのとき、俊介は背後に人の気配を嗅いだ。本堂の裏手にある庫裏《くり》らしい建物のそばに、提灯の明かりが見えている。ずんずんという荒い足音とともに明かりが近づいてきた。

やってきたのは一人の若い僧侶である。

「導師、こんな夜中にいかがされたのですか」

俊介たちに提灯の光を無遠慮に当てて、若い僧侶は血相を変えている。

「もう夜中ではない。じき朝がくるぞ」

「あなたがたはいったいどなたですか」

礎安の声が届かなかったように、若い僧侶がきく。千彩の顔を見る限り、この僧侶のことは知らないようだ。

「こちらは千彩さんじゃ。そなたも存じておろう」

「ええっ」

声を上げて若い僧侶が仰天する。口をぽかんと開けて絶句している。

「ち、千彩さんは、キリシタンとして捕まったはずでは。あの、もしや解き放ちになったのですか」

「いえ、破牢いたしました」

毅然とした口調で千彩が答えた。

「破牢ですって……」

千彩を見つめ、若い僧侶は信じられないという顔をしている。

「この若いのは、実はわしの跡継じゃ。わしはいらんといったのじゃが、本山のほうが当寺に跡継がないことをうるさくいってきおってな、まあ、それで迎えたんじゃよ」

不本意ながら仕方なく養子にした、というように聞こえた。押しつけられたのはまちがいないだろう。寺ではそういうことがよく行われるらしいことは、俊介も聞いたことがある。

「名は慶参《けいさん》じゃ。今はこの慶参が住職をしておる」

「そうだったのですか」

初耳だったようで、千彩が驚きの顔になる。

住職が変わったのなら、と俊介は思った。山門が閉じていたのも当然のような気がする。

「導師——」

やや強い口調で、慶参が礎安を呼んだ。

「千彩さんたちに、この離れをお貸しするのですか」

「そうするつもりじゃが、なにか不都合でもあるのかな」

「導師、千彩さんはキリシタン……」

「馬鹿を申すなっ」

病人とは思えないような声で、礎安が一喝した。慶参がびくりとどし、礎安をこわごわとした目で見る。

「千彩さんがキリシタンであるはずがなかろう。おまえの目は節穴か」

「そ、そういわれましても」

「慶参、とっとと寝間に戻れ。そして朝までおとなしく寝ておれ」

わかりました、とひねたような声でいって唇を噛み、慶参が提灯の明かりを頼りに庫裏に戻ってゆく。

「まったく本物の馬鹿たれじゃ。あんなのが住職になってしもうては、この寺はもはやしまいじゃな」

苦々しくいった礎安が無念そうに首を振る。

「さあ、皆の衆、とにかく休んでくだされ。千彩さん、なにか必要なものがあれば、遠慮なくいうてくだされや。水は裏手に湧いている。柄杓《ひしゃく》が置いてあるから、それで飲んでくだされや。それから申し訳ないが、布団は自分たちで敷いてもらえるかの」

仁八郎のためにも、布団があるだけありがたかった。

一礼して礎安が寝巻の裾をひるがえした。庫裏に向かってゆっくりと歩き出す。

「和尚さん、お大事に」

千彩が心のこもった声をかける。

礎安を見送ってから離れの戸を開け、俊介たちは中に入った。

行灯が置かれているのを見て、俊介は火を入れた。行灯がつくと、離れの中はほんのりとした明るさに包まれた。

案の定、八畳間が一間あるだけの離れだ。

押入に布団がしまわれていて、弥八が手早く敷いた。その上に仁八郎を寝かせる。

仁八郎は相変わらず気を失ったままだ。規則正しく息をしている。顔色はさして悪くないように見える。さっそく千彩が仁八郎の目を診はじめた。

「しばらくのあいだ、ここで休むことができそうだな」

壁にもたれて、弥八がほっと息をついた。

「弥八、疲れたただろう」

俊介がねぎらうと、弥八がにやりと笑った。

「そんな柔にはできておらんよ」

「そなたは本当に大したものだ。俺も見習わなければならぬ」

「そんなにほめても、なにも出んぞ」

いま千彩は仁八郎の脈を診ている。

「千彩どの、仁八郎の具合はどうかな」

「落ち着いています。これならば、頭の痛みはなくなっているものと」

「命に別状はないのだな」

俊介は最も知りたいことをたずねた。

「それは断言できます。一月前なら、正直、危なかったでしょう。でも、今はちがいます。仁八郎さんは快復してきています」

「それは重畳」

さすがに俊介はほっとした。布団に横になったことで、仁八郎の顔色はさらによくなりつつあるようだ。

「仁八郎はいつ目を覚ますのだろう」

千彩が首をかしげる。その仕草には、どこか娘のような幼さが感じられた。こういうところにも、仁八郎は惹かれたのかもしれない。

「そうですね、この具合だと、朝の五つ頃までは目を覚まさないでしょう」

「それまでずっと眠りっぱなしか」

「そういうことになりましょう」

「そういえば、仁八郎に水を飲ませるのだったな。よし、裏の泉とやらにちと行ってこよう」

すぐさま俊介は立ち上がり、離れの裏に出た。ちろちろと水音がし、暗い中、平たい石の上に柄杓が置いているのが見えた。

柄杓に水をたたえて俊介は離れに戻った。

「汲《く》んできたぞ」

俊介は柄杓を千彩に手渡した。

「ありがとうございます」

笑みを浮かべて千彩が受け取る。すぐに手のひらで柄杓の水を受けて、それを仁八郎の口にそっと当てる。唇を湿らすように少しずつ飲ませてゆく。

仁八郎はほんのわずかだが、口を開けている。確かに水を飲んでいるようだ。

仁八郎は生きている。その様子を見て、俊介は人間というものの力強さに感動した。

「俊介さんは疲れておらんのか」

横から気がかりのように弥八がきいてきた。

「疲れてなどおらぬ」

仁八郎に目を当てたまま俊介は答えた。

「強がりではないのか」

「強がりなどではないさ。本当に疲れておらぬのだ」

「そうか、それならいいのだが。だが、俊介さん、一眠りするか」

「うむ、そうしたほうがよかろうな」

それを聞いて、千彩が俊介と弥八を見やる。

「そうなさってください。仁八郎さんは私が診ておりますから」

「頼んでもよいか」

「もちろんです。これが私の仕事ですから」

千彩が笑うと、左の口元にえくぼができるのを俊介はここに来て初めて知った。

かわいらしい顔をしている。それ以上に、性格がしっかりしている。仁八郎が惚れたのも、当然のような気がした。

二人の仲がうまくいけばいいが、と俊介は願った。果たしてどうだろうか。

そんなことを思いつつ俊介は部屋の隅で横になり、目を閉じた。

すぐにまぶたの裏に浮かんできたのは、良美の顔である。

心配しているだろうな。

いつまで待っても、俊介と弥八が旅籠に帰ってこないのだ。心細い思いをしているのではないか。

千彩の破牢という彦根城下の騒ぎが、高宮宿まで届いているだろうか。届いているのなら、良美たちは不安で仕方あるまい。

そんなことを考えていたら、俊介は眠くならなかった。

――おや。

ゆっくりとこちらに歩いてくるらしい足音を耳にした。

――あれは。

横になったまま、俊介は耳を澄ませた。礎安和尚ではないだろうか。

礎安がこちらに声をかける前に、俊介は立ち上がり、小さな庭に面した腰高障子を開けた。濡縁がついており、俊介はその上に立った。

「おう、俊介さん」

提灯を下げた礎安が声をかけてきた。やや狼狽《ろうばい》したかのような顔つきをしている。

「慶参がおらんのじゃ」

礎安の声を聞いて、千彩も立ってきた。

「慶参さんが。こんな刻限にどこに行かれたのでしょう。心配ですね」

礎安を見つめて千彩が案じ顔でいう。

「いや、心配などとんでもない。あやつ、殺してやりたいくらいじゃ」

僧侶とは思えない物騒なことを、礎安が口走った。

「もしや慶参どのは町奉行所に走ったのか」

気づいて俊介は礎安にたずねた。

「俊介さん、まさにその通りじゃよ。あの馬鹿者、まったく余計なことをしくさって」

眉をつり上げて、礎安は怒りをたぎらせている。

「ということじゃからの、俊介さん、弥八さん、逃げてくだされ」

「わかりました」

きっぱりと告げ、俊介は千彩にきいた。

「千彩どの、仁八郎を動かしても大丈夫か」

「はい、大丈夫です。激しく揺らさなければ」

それを聞いて、俊介はすまなさげに弥八を見た。

「弥八、また頼めるか」

「俊介さん、そんな顔をせんでいい。仁八郎さんを担いで歩くのは俺の役目だからな」

「ありがたい言葉だ」

「俊介さん、早く行こう。捕手が来ては、ちと面倒だぞ」

「弥八さんのいう通りじゃよ。——皆の衆、では、こちらに来なされ」

提灯を軽く振って、礎安が手招きする。外に出た俊介たちは礎安のあとをついていった。礎安は山門とは逆の方角に向かっている。

「和尚さま、こちらになにがあるのですか」

不思議そうに千彩がたずねる。

「千彩さん、知りたいかの。実は秘密の抜け穴があるのじゃよ」

「抜け穴ですか」

「というのは冗談じゃが、誰も知らない通り道があるのじゃ」

「えっ、裏口はないと思っていましたが、実はあったのですね」

「裏口というほど立派なものではないがの。――これじゃよ」

足を止めた礎安が指さしたのは、古ぼけた塀にできた大きな穴である。差し渡し三尺はあるだろう。

「この穴はいつできたのですか。私が小さい頃にはありませんでした」

「それがわしも知らんのじゃ。なにしろ古い寺じゃからの、こんな穴ができても不思議はない。狐狸の類の仕業かもしれん。――さあ、ここから出なされ。この穴なら仁八郎さんも出せるじゃろう」

「うむ、十分だ」

にっこりと笑って弥八が答える。仁八郎を背負って、あっさりと穴を抜けてみせた。

「ほう、若い者はやはりちがうの。体が柔らかいわ。うらやましいのう」

続いて千彩が穴をくぐった。それを見届けてから、俊介は腰を低くして穴を抜けた。

驚いたことに礎安まで出てきた。余命が短いというが、心持ち次第でまだまだ長生きできるのではないのか。

「ところで皆の衆、行く当てはあるのかな。まだ夜明けまで一刻はあろうが」

これからどこに行くべきか、と俊介は悩んだ。腰をじっくりと落ち着けられそうなところがほしい。

庵原安房守の屋敷はどうだろうか。あの次席家老なら、自分たちをかくまってくれそうな気がする。

千彩は望んでいなかったのかもしれないが、結果として破牢したことで、城下は大騒ぎになっているだろう。千彩を捕らえようとして、井伊家中の侍衆は物々しい警戒ぶりに相違あるまい。

そんな中、警固の者たちの壁を突破して、庵原屋敷にたどり着けるものか。

弥八が闇を利して自由に動けるならば、なんとかなるかもしれない。だが、弥八は仁八郎を担いでいる。その上、千彩も一緒なのだ。無理だな、という結論を俊介は下した。庵原屋敷には行けそうもない。どこかよそに足を向けたほうがよい。

どこに行くべきか。

頭を巡らせて考えてみるものの、答えは出てこない。

物思いに沈むように、礎安が顎をなでさすっている。決意を秘めたような顔を上げた。

そのことに気づいて、俊介は期待に満ちた眼差しを投げた。

「拙僧の知り合いに、紀六《きろく》という男がおる」

弥八と千彩が礎安をさっと見る。

「その紀六という男は、稲葉村《いなばむら》というところで暮らしておる。紀六に頼めば、きっとかくまってくれよう。稲葉村は城下とまったく反対の方角にあるから、捕手に出会うこともあるまい」

「ご住職、まことにその紀六という男を頼っても大丈夫なのか。迷惑をかけることにならぬか」

案じられてならず、俊介は確かめざるを得なかった。こちらはお尋ね者も同然なのに、見知らぬ者の厚意に甘えるのは、悪い気がしてならない。

「うむ、頼り甲斐のある男ゆえ、大丈夫だ。迷惑とは思わんだろう」

そうか、と俊介はいった。

「和尚、なにからなにまでかたじけない」

感謝の意を込めて俊介は深々と頭を下げた。

「なに、困ったときはお互いさまよ」

礎安が稲葉村の場所を教えた。

弥八が道順を頭に叩き込んでいる。むろん俊介も覚えた。

「和尚、これから町奉行所の捕手が来ると思うが、どうする気でいる」

にこりと礎安が余裕の表情を見せる。

「どうするもなにもないの。役人たちには、来るのが遅かった、残念ながらもうおぬしらが捜し求めている者はここにはおらん、逃げていったと正直に告げる気でおるよ」

「そうか、正直にな」

「名残惜しいが、もう行ったほうがよいの。気をつけてな」

礎安の優しい眼差しは、特に千彩に向けられている。

「和尚さま、本当にありがとうございました」

腰を深く折った千彩は涙ぐんでいる。

「おやおや、千彩さん、まるで今生の別れのようではないか」

おどけたように礎安がいう。

「確かに余命わずかかもしれないが、わしはまだまだ生きるつもりでおるよ。千彩さんの顔を見られて、そういう気になったのじゃ。千彩さん、必ずまた会おうな」

にこにこと笑みをたたえて、礎安が右手を掲げた。

「はい、またお目にかかる日を楽しみにしております」

涙をぬぐって千彩が顔を上げた。

「これを持ってゆくか」

礎安が提灯を弥八に渡そうとした。

「いや、提灯は目立とう」

「そうか、いらんか」

礎安の見送りを受けて、俊介たちは獣道のような細い道を歩きはじめた。

白々と東の空が明るくなってきている。

「ここではないか」

足を止めることなく、弥八が目の前に広がる村を指さす。肩に乗せている仁八郎を優しく担ぎ直した。

「私もそう思います。私たちは和尚さまのおっしゃった通りに来ましたから」

千彩が村をじっと見ている。俊介も見つめた。戸数は四十くらいか。すでに田んぼに出て働いている者の姿が散見できる。さすがに百姓衆は朝が早い。

稲葉村に着くまで、俊介はもう少しときがかかると思っていた。実際、夜目の利く弥八の先導がなければ、稲葉村に到着するのはもっとあとだっただろう。

「安土《あづち》にほど近い村ですね」

あたりの風景を眺めて、千彩がいった。

「安土というと、織田信長公が築いた安土城がある場所だな」

城が好きで、歴史も大好きな俊介は千彩の言葉に食いついた。

「その通りです。ありし日の安土城の遺構も残っていますよ」

「ほう、それは是非とも見てみたいものだ」

「もしときがあれば、いらしてみてください。足を運ばれて、損のないところです。風景もよいですが、なにかちがう風が流れているような場所ですから」

「そうか。風がちがうのか」

その風を感じてみたいものだな、と俊介は強く思った。その風を受けたら、戦国のにおいを嗅げるというようなことはないだろうか。

そのまま稲葉村に続く道を歩き続けていると、田んぼで草むしりにいそしんでいた男が俊介たちに気づいた。腰を伸ばして、俊介たちを見やる。その村人は、笑みを浮かべて会釈してきた。

その態度に、俊介は少し驚いた。正直、もっと胡散臭い顔をされると思っていた。村人というのは、よそ者が村に入ってくることを好ましく思わないからだ。特に、犯罪人が入ってくることを忌み嫌っている。

「どうもこの村はよそと様子がちがうようだな」

相変わらず目を覚ましそうにない仁八郎を担ぎながら、弥八がつぶやく。

「あの――」

足を止めて、千彩がその村人に問う。

「紀六さんにお目にかかりたいのですが」

「庄屋さんなら、あちらにおりまっせ」

柔らかな口調で答え、村人が手で紀六のいるほうを示す。

紀六というのは、稲葉村の庄屋をつとめているのだ。

俊介が顔を向けると、目の前の男と同じように田んぼに出ている男の姿が、半町ばかり先に見えた。

庄屋自ら働いているのだな、と俊介は感心した。しかも、田に出ているのはただの一人である。庄屋ともなれば小作人もいるはずだが、その者たちはどうしているのだろうか。

「おおきに」

村人に礼を述べて、千彩が紀六という男を目指して歩を進める。俊介たちも千彩にならった。

「あの、紀六さんですか」

千彩に呼びかけられて、驚いたように男がこちらを向いた。

「さようですが」

丁寧な言葉で答えて紀六がうなずく。歳は四十前後といったところか。まだ若い庄屋である。

「あの、私たちは礎安和尚の紹介でこちらにまいりました」

千彩が名乗り、俊介と弥八、仁八郎を紹介していった。

手ぬぐいで手を拭き、紀六が道に出てきた。

「紀六と申します。どうぞ、お見知り置きを」

紀六が丁重に頭を下げる。庄屋にしてはずいぶんと腰の低い男である。

「千彩さんとおっしゃいましたか、和尚さんはお元気にしていらっしゃいますか」

「いえ、ちょっとこのところご体調はすぐれないようです」

それを聞いて紀六の顔が曇る。

「それは心配ですね。和尚もお年ですからね。早く治ることを祈っていますよ。——ところで、どのようなご用件で千彩さんたちはいらしたのですか」

千彩がさすがにいいよどんだ。すぐさま俊介は前に進み出た。

「かくまってもらいたいのだ」

ずばりといった。

「えっ、どういうことでございましょう」

目をみはった紀六が問う。俊介はここまでやってきたあらましを語った。

「えっ、千彩さんがキリシタンとして捕まり、そして破獄していらしたのですか……」

呆然としたように紀六がつぶやく。

「そういうことだ。やむなく破獄ということになったが、それは千彩さんの本意ではない。この仁八郎が先走ったのだ」

「はあ、さようにございますか」

「迷惑をかけるが、しばらくかくまってもらえぬか」

申し訳ないと俊介は思ったが、ここはどうしても身を落ち着ける場所がほしい。

千彩は俊介たちに心配させないよう仁八郎のことは大丈夫です、といっているが、果たして本当のところはどうなのか。やはり仁八郎の容体が急変しかねないことは、十分に考えられるはずだ。

さすがに難しい顔をして、紀六は考え込んでいた。

「わかりました。こちらにおいでください」

決意を固めた顔でいった。

「よいのか」

「はい。困っているお方を見捨てるような真似は手前どもにはできません」

紀六が歩き出す。俊介たちはその後ろをついていった。

「庄屋どの、一つきいてもよいか」

仁八郎の様子を見てから、俊介は紀六にいった。

「はて、どのようなことでございましょう」

振り向いて紀六がきき返す。

「今の田んぼのことだ。なにゆえそなた一人で草むしりをしていた」

「ああ、そのことでございますか。あの田んぼだけは手前の力だけでやってみようと思い立ったからでございます」

「ほう、自力でな。どうしてそのようなことを思い立った」

「深い意味はございません。ただ、力試しをしたいと思いついただけでございます」

「力試し……」

「はい。庄屋の家に生まれて、これまで手前はほとんどなにもしてきませんでした。村の者たちが汗水垂らして働き、秋に収穫のときを迎えるのを見て、どういうわけか急に自分もやってみたいという気が、わき上がってきたのでございます」

「ほう、そのようなことがあったか。それは去年のことか」

「いえ、もうだいぶ前のことです。手前が一人で収穫まで行うようになって、もう十年近くたちます」

「思い立ったのは、そんなに前のことだったのか」

「はい」

にこにことして、紀六が顎を控えめに引いた。

宏壮な家が近づいてきた。立派な長屋門を入る。この長屋で小作人たちが暮らしているのだろう。

正面に巨大な屋根を持つ母屋があり、その右手に離れらしい建物があった。左側には蔵が建っている。

右側から馬のいななきが聞こえた。俊介が見ると、広々とした厩《うまや》があり、数頭の馬がつながれていた。顔を並べた馬たちは、つぶらな瞳で俊介たちを興味深げに見ている。

どこからか味噌汁のにおいがしている。空腹の俊介はさすがにそそられた。

「こいつはたまらんな」

よだれを垂らさんばかりの顔で、弥八がつぶやく。

「あっ、朝餉を召し上がりますか」

気づいて紀六がきいてきた。

「食べさせてもらえるか」

遠慮なく俊介は申し出た。

「もちろんでございますよ。お世話することに決めたからには、とことんおもてなしをさせていただきます」

俊介たちは離れに案内された。掃除の行き届いた六畳間が二間あり、しかも畳が新しかった。替えたばかりのようだ。

屋敷の奉公人がやってきて、仁八郎のために布団を敷いてくれた。

「かたじけない」

「いえ、お礼をいわれるほどのことではございません」

布団を敷き終わった奉公人が笑顔を見せる。

「失礼いたしました。すぐに朝餉をお持ちします」

一礼して奉公人が離れを出ていった。

布団の上に仁八郎が寝かされる。相変わらず意識を失ったままだ。

枕元に正座した千彩が、仁八郎の脈を診はじめた。

真剣な顔をしている。

やはり予断は許さないのだろう。

早く、と俊介は祈った。仁八郎が目を覚ましてくれればよいのだが。

三

実際には驚愕したのだが、ほかの御典医の手前、感情を抑えざるを得なかった。

むう、と心中で青帆はうなり声を上げた。

「破牢ですか」

恐ろしげな顔をして左側にいる懐東が丹究にきく。ごくりと息をのんで、その横に座る丹究がうなずく。

「さようです。城下はいま大騒ぎです」

朝日がかすかに射し込む座敷で、五人の御典医は顔を寄せ合っている。隣の間では、直央が相変わらず昏睡している。じき投薬の刻限である。

「キリシタンのおなごがどうやって牢獄を破ったのです」

丹究にたずねたのは杢謹である。

「それが、どうやら何者かが手を貸したようなのです」

「キリシタンの仲間でしょうか」

顔をしかめた。

「そうかもしれません」

これは使えるかもしれんな、と青帆は胸中でつぶやいた。いや、まちがいなく使えるだろう。

千彩を脱獄させたのはキリシタンという噂を、青帆は湊川屋豊兵衛に命じて流させることにした。

もっとも、一度千彩をキリシタンとして捕らえたことで、すでに青帆は目的を達している。とにかく千彩を直央に近づけさせなければいいのだから。

誰が手を貸したか知らないが、千彩が破獄した以上、と青帆は思った。もはやどんなことがあろうと、千彩は決して直央を診ることはない。

目論見は成功したといってよい。あとは、ほかの腕のいい医者を近づけさせないように目を光らせておくだけだ。

つい先日、青帆の命で大坂の医篤庵の様子を見に行った湊川屋の話では、甲斎には庵原安房守からの招きはないようだ。

青帆のことを怪しんでいる安房守は、もし甲斎を彦根城に招こうとしたら、甲斎まで亡き者にされてしまうことを、恐れたのではないだろうか。

甲斎が彦根城に来ないなら、それでよい。それならばあの医者が死ぬことはない。人を救う医者が人を殺すようなことは、青帆としても、できるならしたくない。


「脱獄したのは、女医者とのことでしたな」

岐仙《ぎせん》という、いつも無口な男が興味を惹かれたように丹究にきいた。

「さようです。千彩という名の女医者です」

「今どこにいるのでしょうな」

「キリシタンの村かもしれませんよ」

「彦根にキリシタンの村など、あるのですか」

「安土が近いですからね。あの地は織田信長公の庇護《ひご》もあって、耶蘇教が盛んだったようですよ。その末裔が今も信仰を続けているという噂は絶えません」

「ほう、そうなのですか」

初めて聞いたらしく、岐仙が驚きの声を上げる。

実際、青帆も初耳である。この地にキリシタンがまだいるのか。ときおり、よその地で摘発されているという噂が入ってくることがあるが、彦根にもキリシタンがいるかもしれないというのは、意外だった。

キリシタンといえば、と青帆は心中でにやりとした。この身の出世に実に役立ってくれた。

だからといって、自分はキリシタンなどではない。キリシタンの技術を利用させてもらっただけだ。

若い頃、堺で奉公していた町医者の先祖がキリシタンだったのだ。その町医者もむろんキリシタンではなかった。遠い昔の先祖はとうに転宗していた。

その町医者の蔵には、キリシタンだった先祖が遺した品物がごろごろしていた。町医者自身、蔵にそんな物があるなど、まったく知らなかった。蔵のことなど、興味がなかったのである。

その町医者から与えられた部屋が蔵にあった青帆は、その手の物には興味津々だった。

蔵の一階は青帆の部屋で、きしむ階段の先にある二階には、昔の物が散乱するようにおびただしく残されていた。

古い物が大好きな青帆には宝の山だった。

青帆はもともと堺近くの寒村の出である。口減らしのために、わずか六歳で堺の町医者の家に奉公に出されたのだ。

町医者自身、親切で優しかった。だから、居心地は悪くなかった。ずっとそこにいてもよい、と青帆は思っていた。実際、二十代の半ばを過ぎても、青帆はそこで働いていた。人のために働くのは気持ちのよいものだった。

その運命が変わったのは、二つの魔鏡を蔵で見つけたからである。

魔鏡というのは、太陽の光などを当てて反射させると、裏側に鋳造されている経文や仏像などが壁などに映し出される仕組みの鏡のことをいうが、町医者の蔵にあった魔鏡は、もちろんキリシタンのものだった。

それは経文や仏像ではなく、南蛮の秘薬のつくり方を映し出すものだったのだ。

蔵の窓を開けて風を入れているときに奥の棚のほうで、入り込んだ陽射しに、暗い光で反射するものがあって、なんだろうと手に取ろうとしたら、蔵の天井に文字が映り込んでいるのを見たのだ。さすがに青帆は仰天した。こんな物は初めて目にしたからだ。

調べてみると、魔鏡と呼ばれている物であるのが判明した。

光が反射して映る文字も紙に書き取った。

阿蘭陀国《オランダ》では、どうやらマルスデンと呼ばれている薬のようで、岩（癌《がん》）の特効薬として知られていたようだ。

日本では五竜劇岩丸《ごりゅうげきがんがん》という名で呼ばれているらしい。その製法が途絶えて、もう久しいようだ。日本からキリシタンがほぼ根絶されたからであろう。

太り気味で、赤い顔をした者。酒を特に好み、肝の臓を患い、卒中で倒れた者。ただし、昏睡して生きている者でなければならない。その者に半年のあいだ展快散を飲ませる。顔色は灰色となり、やがて桃色に変わってゆくであろう。

その者が息絶えたら、すぐさま肝の臓を取り出す。肝の臓は墨のような色を持っている。それを酒漬けにし、自然に乾燥するまで待つ。それを細かく砕いて粉末にする。

それで五竜劇岩丸は完成する。

一つ目の魔鏡には、そんな意味のことが秘されていたのだ。青帆は興奮を抑えきれなかった。

二つめの魔鏡には、展快散のつくり方が鋳造されていた。展快散をのませることで、患者の肝の臓は黒く変わってゆき、五竜劇岩丸の原料となるのだ。

もしこの五竜劇岩丸という薬を本当につくることができれば、きっと高く売れるにちがいないと青帆は踏んだ。

五竜劇岩丸という薬のことを知った途端、町医者の助手としてこき使われているのが急に馬鹿らしくなった。それで青帆は二つの魔鏡を持って町医者の家を飛び出したのだ。

古い鉄製の十字架と耶蘇教の神をかたどった焼物も、そのときに持ち出した。キリシタンは好きではなかったが、なにかにすがりたくなるときに、必要になるような気がしたからである。

それが今回、千彩を罠にはめるときに役立ったのだ。

堺を離れて、青帆は彦根にやってきた。姿のよい天守を目の当たりにしたとき、この町で暮らそう、とすぐに決めた。この町なら、なにかいいことがありそうな気がした。

金はあまりなかったが、中藪上片原町で家を借りて、診療所をはじめた。すぐに患者で診療所はあふれるものだと信じていた。

だが、案に反してまったく流行らなかった。

あまりに患者がなく、青帆が腐りそうになったとき、人足をしていた近所の男が卒中で倒れた。前に風邪を治してやったことのある男だった。

家人に頼まれて駆けつけてみると、赤ら顔の男が畳の上で昏睡していた。男は太り気味で、大の酒好きだった。

――もしや。

青帆の胸は躍った。診療所に男を運び込み、それからすぐに展快散をつくりはじめた。

展快散を飲ませ続けると、魔鏡に鋳造された通りの顔色に男はなっていったのだ。

否が応でも青帆の期待は高まった。半年たたずに男が死ぬことがなによりも恐ろしかったが、なんとか保ってくれた。

青帆は家人から金は一切取らなかった。とにかく、必死に男を診ているという姿だけを見せるようにしていた。

家人たちはひたすら感謝していた。青帆のことを仏のように崇めていた。

卒中で倒れてから、七ヶ月後に男は死んだ。そのことをすぐには家人に知らせず、診療所で一人、青帆は男の死骸から肝の臓を取り出した。傷口はしっかり縫合した。仮に家人が傷口に気づいたところで、どんなことが行われたか、知る由もないのだ。

取り出した肝の臓は、魔鏡に鋳造されていた通り、不気味な黒色をしていた。

——うまくいった。

肝の臓を見て、青帆は確信した。

あとはこれを酒漬けにして、酒が自然に乾くのを待てばよいだけだ。

そして青帆は実際にそうした。

酒がなくなって、干からびた肝の臓を粉末にした。

かなりの量の薬ができた。

どこに売りつけるか。

岩に冒された金持ち連中は、病を治すためなら、金に糸目はつけないだろう。

そのことはわかっているが、じかにそういう者たちに売るつもりはなかった。

堺の町医者のところにいるときに、つき合いのあった湊川屋のことが青帆の頭に浮かんだ。湊川屋のあるじの豊兵衛は金に汚い男であることを、青帆は見抜いていた。金のためならなんでもする男なのだ。

二つの魔鏡を手に、青帆は大津に本店を持つ湊川屋を訪ねた。そして豊兵衛に魔鏡を見せた。

鋳造された中身を見て、豊兵衛は驚愕した。五竜劇岩丸を青帆が持っていることを伝えると、驚喜した。

三十年前、湊川屋は五竜劇岩丸と引き替えに、一千両もの金をぽんとくれたのだ。

青帆はただひたすら驚いた。いま思い返せば、湊川屋はその三倍か四倍の値で売ったはずなのだ。

つまり本来なら千両などではなく、もっと高値がつくはずだったのだが、あのとき湊川屋には足元を見られたのだ。

こちらも町医者として駆け出しだった。実際のところ、そのときの青帆にしてみれば、千両ももらえれば御の字だった。

それだけの大金を手にしたことで、舞い上がったのは事実である。

だが、それ以来、五竜劇岩丸をつくる機会はやってこなかった。

それがまさか、自分の仕えるあるじである直央からつくることになろうとは、夢にも思わなかった。

三十年前で千両。今なら、少なく見積もっても二千両の価値はあるだろう。うまくいけば三千両になるかもしれない。

しかも、直央の肝の臓はかなり大きいのがわかっている。

直央の肝の臓を取り出し、五竜劇岩丸をつくる。五竜劇岩丸を湊川屋に売り、大金を手にすることができたら、青帆は隠居し、残りの人生を悠々と暮らすつもりでいる。

もう御典医などいい。どうでもよくなっている。気疲れするだけなのだ。

一刻も早く御典医はやめて、田舎に引っ込みたい。そこで妾を囲い、のんびりと暮らすのだ。

それが青帆の夢である。

この計画は誰にも邪魔させない。

邪魔する者は必ずこの世から排する。

青帆は固く決意している。

今も二つの魔鏡は大事にしている。ときおり屋敷で一人になり、魔鏡をなでさすったりしている。

二つの魔鏡こそ、このわしの運命を変えてくれた。このような魔鏡はこの世に二つとはあるまい。

ふと気がかりが胸中をよぎっていった。

いや、もしかして、まだほかにもあるのだろうか。

第四章　別離

一

後ろから弥八が近づいてきた。

ちょうど俊介は小便を終えたところだった。隣に入るのかと思ったら、弥八は立ち止まっている。呼びかけてきた。

「なあ、俊介さん。なにかおかしくないか」

弥八にいわれて、俊介はぴんときた。

「この村のことだな」

声をひそめて俊介は答えた。厠は、母屋の裏手に設けられている。肥のにおいがかなりきつい。

「うむ、そうだ。この稲葉村というのは、キリシタンの村ではないのかな」

まわりを見渡して弥八がいう。

「実は、俺も同じことを考えていた」

「やはりそうか」

弥八が目を輝かせる。うむ、と俊介は顎を深く引いた。

「俺が下情に通じているというつもりは毛頭ないが、稲葉村は自分の知っている村とはあまりに異なっているようだ」

「そうだよな。こうまでちがいすぎると、誰にでもキリシタンとわかりそうなものだ。すでに近隣の者たちには、稲葉村がキリシタンの村であると、ばれているのではないのか」

「十分にあり得るな。少なくとも、噂にはなっていよう。だが、キリシタンであることが露見することを、ここの村人は恐れていないようだ」

「俺もそれは感じている」

弥八が同意してみせる。

「なにかで読んだのだが、耶蘇教に触れると、死を恐れなくなるらしいな。神に召されるとか、なんとかいうらしいではないか」

「詳しいな、弥八」

「俺は別にキリシタンではないぞ」

弥八がむきになっていうから、俊介は笑ってしまった。

「弥八がキリシタンか。海の水がすべて涸《か》れ果てることより、あり得ぬな」

そのとき不意に青帆のことが頭をよぎった。

「弥八、今から庄屋の紀六どのに会ってくる」

「じき朝餉になろう。どんな用事があって会いに行くのだ」

「聞きたいことがある」

「俺も一緒に行っていいか」

「むろんかまわぬ」

急ぎ足で俊介と弥八は母屋に入った。

出てきた奉公人に、紀六どのに会いたいと俊介は告げた。少々お待ちください、と奉公人は廊下を去っていった。

「今の男もそうなのかな」

奉公人を見送った弥八がつぶやく。

「おそらくそうだろう。目の光り方が耶蘇教を信じている者は異なるようだ。今の男も同じだった」

「目の光り方が異なるというと」

「なにか膜が張っているというのかな、目がそんな感じなのだ。なんとなくだが、鈍く瞳が光っている。まちがいなく人を見ているのだろうが、その目にはなにか別のものが映り込んでいるという感じがしてならぬ」

「そうか、俊介さんにはそういうふうに見えていたのか。俺はまったく気づかなかったな」

先ほどの男が、落ち着いた足取りで廊下を戻ってきた。

「お待たせいたしました。お目にかかるそうでございます。どうぞ、お上がりください」

「かたじけない」

会釈して俊介は雪駄を脱ぎ、上がり框に上がった。そこから廊下を歩く。

俊介たちは座敷に入った。庭に面した障子が開け放たれ、風の通りがよい。こぢんまりとした庭の木々や草花はよく手入れされ、眺めていて気持ちがよい。腕のよい庭師がこの庭には入っているようだ。

「お待たせいたしました」

廊下側の襖を開けて、紀六が入ってきた。一礼して俊介と弥八の前に正座する。

「おはようございます」

「うむ、おはよう」

俊介は穏やかに返した。

「俊介さま、弥八さん、よく眠れましたか」

「うむ、よく寝たぞ」

といっても、俊介たちが睡眠をとったのはわずかに一刻ばかりに過ぎない。今は六つ半を少し過ぎたくらいだろう。

「いい庭だな」

「ありがとうございます」

「よく手入れされた木々が実に美しい」

「ああ、あれは手前が剪定《せんてい》したのでございますよ。おほめいただき、うれしゅうございます」

「まことにそなたがしたのか」

腰が浮くほど俊介は驚いた。この男にはそんな腕まであるのか。自分にはとても真似できない。

「どこでそんな技を身につけた」

「出入りの植木屋に習いました。その者が年老いまして、あと数年したら来られなくなるでしょう、というものですから、その数年のあいだで習うことにしたのです」

「それであの腕か。大したものだ」

「いえ、さほどのことはございませんよ」

「謙遜する必要はない。俺などは不器用だから、うらやましくてならぬ」

「俊介さまなら、すぐにあのくらいおできになりましょう」

「そうかな」

俊介はにこやかに笑ってみせた。

「そうでございますとも」

紀六も微笑を返してくる。

「紀六どの、ちと聞きたいことがあるのだ。かまわぬか」

真剣な口調で俊介にいわれても、紀六に動じたところはない。

「もちろんでございます」

ゆったりとした声音で紀六が答える。

「そなた、御典医筆頭の青帆という医者を知っているか」

「はい、存じております。井伊さま御家中において高名なお医者でございますから」

「青帆はこの村の出ではないのか」

「えっ」

思いもかけない問いだったようで、紀六がいぶかしげに俊介を見つめる。

「いえ、青帆さまはこの村の出ではございません」

「まちがいないか」

「まちがいございません。青帆さまはどちらの出なのでしょう。手前も存じ上げません。とにかく青帆さまがこの村の出ということは、あり得ません。噂でも手前は聞いたことがございません」

紀六が断言する。俊介は紀六の顔をじっと見た。嘘をついているようには見えなかった。

「そうか、忙しいところを済まなかった。つまらぬことを聞いたな」

「いえ、とんでもない。これでおしまいでございますか」

意外そうに紀六がいう。

「そうだ、これで終わりだ」

「なにゆえ俊介さまはそのようなことをおききになるのですか」

「なに、ちと気にかかっていたのだ」

「さようでございますか。俊介さま、なにかお知りになりたいことがあれば、なんなりとおききください。答えられることでしたら、必ずお答えします」

「わかった。かたじけない」

「俊介さま、弥八さん、すぐに朝餉の支度をさせます。離れで、お待ちになっていてください」

「うむ、そうさせてもらおう」

一礼して俊介は立ち上がった。弥八も続く。二人して廊下に出た。

「紀六さんがとぼけたわけではなさそうだな」

廊下を歩きつつ弥八がささやきかけてきた。

「うむ、それはないな。紀六どのは正直に答えていた。青帆はこの村の出ではない」

「ところで、なぜ俊介さんはそんなことをきいたのだ」

「千彩どのを罠にかけた二つのキリシタンの品物だが、どうしても俺は気になってならぬのだ」

二人は戸口に戻ってきた。俊介たちは雪駄を履き、外に出た。軽く顔を後ろに向けて、俊介は弥八にいった。

「もともと証拠の二つの品が青帆の持ち物で、青帆がキリシタンだったとしたら、あの手の品物を持っていても不思議はないではないか。堺の出というのがでためで、もしかするとここの出身ではないかと確かめたのだ」

「だが、ちがった」

「そういうことだ」

離れに戻ると、千彩が新しい着物に着替えていた。考えてみれば、千彩はずっと獄衣を着ていたのだ。

この稲葉村に入って最初に話をかわした村人はそのことに気づいていたはずなのに、まったくその思いが面に出ていなかった。触れもしなかった。それは紀六も同じだった。

「その着物は」

俊介はすぐに千彩にたずねた。

「紀六さんのお内儀のものだそうです。貸していただきました」

「よく似合っているぞ」

にこりと笑って弥八がほめる。

「ありがとうございます。とても上質な布が使われています。これほどの着物、着たことがないので、緊張してしまいます」

俊介は隣の間に行き、仁八郎の様子を見た。まだ眠っている。

千彩の言葉が正しいのなら、あと四半刻ばかりで目を覚ますはずだ。寝息は規則正しい。顔色もよい。これまでとなんら変わりはない。

「失礼いたします」

外から男の声がした。

「お食事をお持ちいたしました」

「おう、待っていたぞ」

からりと腰高障子を開け、弥八が濡縁に立った。二人の奉公人が膳を手にしていた。一人は二つの膳を持っている。

「運び込んでくれるか」

「承知いたしました」

深く辞儀して二人の奉公人は離れに上がってきた。三つの膳を置いて、邪魔するのが悪いとでもいうように、さっさと引き下がってゆく。

「こいつはすごいな」

膳の上にのっているのは、ご飯に味噌汁、納豆に卵という、豪勢としかいいようがないものだが、それ以上に俊介たちを驚かせたのは、養生薬らしいものがおかずとして出されていたことだ。

「どう見ても、これは牛肉の味噌漬けではないか」

膳に目を落として俊介はつぶやいた。

「ほう、これがそうか。ありがたいな。食べてみたかったのだ」

「彦根生まれですが、私も初めて食べます。この村の人はよく養生薬を召し上がっているのでしょうか」

「どうだろうか。ただ、食べることに慣れているのは確かかもしれぬ。こうして自然に出てきているからな」

「この村の者は、養生薬をよく食するというのか」

「この村は牛を飼っているのではないかと思う」

「だが俊介さん、この村に来る途中、牛らしいのは見かけなかったぞ」

「いや、どこかよそに牧をつくっているのではないのかな。ここからは見えぬところだ」

「なるほど、そこでたくさんの牛を飼っているというわけか」

「養生薬に太鼓の皮ということだ。だからこそ、この村はとても豊かなのではないかな」

だが、もしキリシタンの村だとばれれば、この裕福さを失うことになる。キリシタン信仰というのは、この暮らしと引き替えになるくらい、大事なものなのか。

俊介にはどうしても理解できない。

「――あの俊介さま」

真剣な顔で千彩が呼びかけてきた。

「なにかな」

箸を持つ手を止めて、俊介は千彩に顔を向けた。

「あの、この村はなにかちがいますね」

「うむ、確かにちがう」

「もしかしたら……」

そこで千彩が言葉を途切れさせた。

「キリシタンの村ではないかというのか」

ずばりいわれて千彩はうろたえかけたが、すぐに立ち直り、俊介をまっすぐ見た。

「滅多なことをいってはいけないことは解しておりますが、私はそう感じています」

「実は俺たちもそうなのだ」

これは弥八がいった。

「俊介さんと二人で、先ほどそんなことを話し合っていた」

「ああ、さようでしたか」

喉が渇いたか、千彩が味噌汁をひとすすりする。

「ああ、おいしい。私、お味噌汁が大好きなのです。いえ、今はそんなことをいっている場合ではありませんね」

箸を置き、千彩が居住まいを正した。

「例の展快散ですが、もしかしたら、キリシタンの薬かもしれません」

「なんだって。――どういうことか、千彩どの、聞かせてくれるか」

「はっきりしたことは私もわかりません。以前、甲斎先生がどなたかとひそやかに話をされていたとき、展快散という名が出てきたような気がするのです。少しうつらうつらしたときに、そのことを思い出しました」

「ならば、甲斎先生に聞けばわかるかな」

「わかるかもしれません。そのとき確か魔鏡という言葉も出てきました」

「魔鏡――」

俊介にとって初耳である。

「なんだ、それは」

同じように弥八も初めて聞いたようで、千彩にすぐさまたずねた。

「先生の話を聞いて、私は魔鏡について調べてみました。――お日さまのような光を当てると、ふつうの鏡と同じようにその光は反射します。その反射した光を壁に当てると、経文や仏像などが映るというものです」

「そんな物がこの世にあるのか。どういう仕組みなのだろう」

身を乗り出して弥八がきく。

「仕組みは私にはわかりませんでした。模様や文字を鋳込んでつくるということだけは、かろうじてわかりました」

「魔鏡というのは南蛮渡りなのか」

頭に浮かんだことを俊介は問うた。南蛮渡りだから、キリシタンが関係しているというようなことはないのか。

「いえ、もともとは唐土《もろこし》の国という話です」

「ほう、そうだったか。この世には不思議な物を考えつく者がいるものよ」

胸に抱いた正直な感想を俊介は口にした。

「展快散ですが、キリシタンの持っていた魔鏡につくり方が鋳込まれているのではないか、と私は推察しています」

それを聞いて俊介は、はっとした。

「もしや、千彩どのはその魔鏡がこの村にあるというのか」

「いえ、この村に魔鏡があるかどうかは正直わかりません。あってもおかしくはない程度でしょう。仮にもし魔鏡があるとしても、紀六さんがお持ちなのは、別のことが鋳込んである魔鏡かもしれません」

「紀六どのが魔鏡を持っているとしても、たやすくは見せてもらえぬだろうな」

「そう思います。魔鏡というのはキリシタンの持ち物として珍しくないそうです。キリシタンの魔鏡に仕込まれているのは、耶蘇が十字架に磔《はりつけ》になった図を鋳込んだものが特に多いようです」

「もしここに魔鏡があるとして、蔵にあるのかな」

声をひそめて弥八がいった。

「盗み出すつもりか、弥八、それはならぬぞ」

俊介にたしなめられ、弥八が苦笑して首をすくめる。

「相変わらず俊介さんはかたいな。まあ、それはそうだな。物を盗むなど、盗人がすることだ。俺は盗人などではない」

どうすればこの家に魔鏡があることがわかり、見せてもらえるだろうか。その手立てをしばらく俊介は考えていた。

「やはり正面から当たるべきだな」

顔を上げた俊介は弥八と千彩に告げた。

「というと」

確かめるように弥八がきいてきた。

「逃げることなく、紀六どのにキリシタンのことを聞くべきだと思うのだ」

「だが、紀六さんが話してくれるだろうか」

さすがに弥八は危ぶんでいる。

「そこは人と人同士だ。きっとなんとかなるだろう」

「俊介さん、そいつはあまりに楽観しすぎではないか」

「それでもよい。俺は正面からぶつかることに決めたのだ。そのためには、まずは腹ごしらえだな」

改めて箸《はし》を手にして、俊介は食事をはじめた。すぐに養生薬を口に入れた。

「おっ、意外に柔らかいのだな。こいつはうまい。やみつきになるのもわかる。味噌がよくしみており、実にいい味だ。この脂身のうまいこと。ほっぺたが落ちるとはまさにこのことだな。ご飯のおかずとして十分すぎるほどだ。それにしても、牛の肉というのは甘みがあるものなのだな」

「えらいほめようだ」

そんなことをいいながら、弥八が養生薬を食す。

「本当だな、これはうまい。嚙むたびに旨みがじわりじわりと出てくる。――ああ、もう終わってしまった。もっと食べたかったな」

千彩も感激しているらしく、無言で養生薬を嚙み締めつつ、味わっている。

最後に漬物を食べ、味噌汁を飲み干して俊介は食事を終えた。まだ食事中の千彩が茶をいれてくれた。

「かたじけない」

熱い茶をゆっくりと喫して、俊介は湯飲みを空にした。湯飲みを膳の上に置いて立ち上がる。

「よし、紀六どのと話をしてくる」

「俺も行ってよいか」

「私もよろしいですか」

あわてて食べ終えた弥八と千彩が、すがるような目で見上げてくる。にこやかに笑って俊介はうなずいた。

「うむ、三人でまいろう」

腰高障子を開け、俊介は濡縁に降りかけたが、すぐに振り返った。

「千彩どの、仁八郎は大丈夫かな」

はい、といって千彩が隣の間に素早く移り、仁八郎の顔を見つめる。それから脈を取り、まぶたをめくった。

「仁八郎さんは、間もなく目を覚ますはずです」

「おう、まことか」

「はい」

少し残念そうに千彩がいった。

「千彩どの、どうした」

「やはり私はここに残ることにします。仁八郎さんが目を覚ましたとき、誰もいないのではかわいそうですから」

「そうか、それはそうだな。千彩どの、すまぬな、仁八郎の世話を押しつけてしまって」

「いえ、前にも申し上げましたが、これが私の仕事ですから」

「では、仁八郎のことを頼んでもよいか」

「もちろんです」

明るい笑みを浮かべて、千彩が大きくうなずいてくれた。

「よし、ならば行ってまいる。弥八、行くぞ」

うむ、と弥八が決意の顔になる。

離れをあとにした俊介と弥八は母屋の戸口に立った。訪《おとな》いを入れると、奉公人がやってきた。

たびたびでまことに申し訳ないが紀六どのに会いたい、と俊介は告げた。お待ちください、と奉公人が廊下を去る。

小走りにすぐさま戻ってきた。

「どうぞ、お上がりくださいませ」

奉公人にいわれて、俊介と弥八は廊下を進んだ。先ほどの座敷に再び腰を落ち着ける。

にこやかに紀六があらわれた。

「さて、今度はどのようなことでしょうかな」

裾をそろえて紀六が座り、俊介と弥八を見つめる。

「紀六どの、答えにくいことをきいてもよいか」

「おや、どのようなことでしょうか。ちと怖いですな」

おどけるように紀六がいう。

「俊介さま、なんでもおっしゃってください」

深く息を入れた俊介は、よしいうぞ、と心中で口にした。

「では、紀六どの、きかせてもらおう。この村はキリシタンの村ではないか」

いきなり斬り込むようにいわれて、紀六が口を呆《ほう》けたように開ける。

「ええっ」

紀六はあっけにとられている様子だ。我に返ったように咳払いをする。

「俊介さま、なぜそのようなことをおっしゃるのですか」

「これまでいろいろあって、この村がキリシタンではないか、と感じたからだ」

「はあ、さようでございますか」

すでに紀六は冷静さを取り戻している。

「ちがうのか、紀六どの」

「はい、この村はキリシタンなどではございません」

否定するのは当たり前のことだろう。

「だが、紀六どの、この村がキリシタンかどうか、俺たちにはどうでもよいのだ。誰にも口外はせぬ」

「いえ、俊介さま、よくはありません。俊介さまがそのような疑いを抱かれたということは、ほかの者も抱くということ。それは見過ごしにはできません。村の存亡に関わります」

「それでは、もう一度きく。ここ稲葉村はキリシタンの村であろう。先ほども申したが、俺たちは町奉行所や郡奉行所、横目付などに知らせるような真似はせぬ」

「俊介さまがそういうことをされるお人柄でないことはよくわかっておりますが、ちがうものはちがうとしかいいようがございません。何度きかれても同じことです。この村はキリシタンなどではありません」

こうまで肯《がえ》んじないということは、と俊介は思った。本当にキリシタンではないのだろうか。なにより、紀六は真実を語っているように見える。

「よし、信じよう」

心の底から俊介はいった。

「この村はキリシタンではない」

「それを聞いて、安堵いたしました。俊介さまのおっしゃる通り、この村はキリシタンなどではございません。宗門改帳にも村人全員の名がしっかりと記されておりますよ」

この村がキリシタンでないなら、紀六が魔鏡を所持しているということはあり得ないのか。期待薄ながら、俊介は一応きいてみることにした。

「紀六どの、そなた、魔鏡なる物を所持しておらぬか」

「魔鏡でございますか。はい、持っておりますよ」

あまりに軽い口調でいうから、俊介は面食らった。弥八もあっけにとられている。

「見せてもらってもよいか」

「よろしゅうございますよ」

笑顔で紀六が快諾する。

「まことか」

にわかには信じられず、俊介は確かめざるを得なかった。

「まことでございますよ。今お持ちいたしましょう」

腰も軽く紀六が立ち上がる。

「手前の部屋にございます。押入にしまってありますので」

「なんと、そのようなところにあるのか」

蔵にしまわれていないというのは、俊介には思いも寄らないことだった。

「では、しばしお待ちください」

一礼して紀六が出ていった。襖が静かに閉じられる。

「弥八――」

俊介は鋭く呼んだ。

「紀六さんのあとをつけるのだな、逃げられないように」

「そうではない。この村がキリシタンでないのは、もはや疑いようがない。どうやらすべて誤解だったようだ。――弥八、千彩どのを呼んできてくれぬか。千彩どのも魔鏡を見たいであろう」

「なんだ、そういうことか。わかった、いま呼んでくる」

身軽に立ち上がり、弥八が出てゆく。座敷に俊介は一人になった。

頭に浮かぶのは良美のことだ。今どうしているだろう。自分たちのことを案じているのはまちがいない。俊介は、無事であることを知らせたい。

夜明け前にこの村に到着したとき、文を書いておけばよかった。村の者に良美のもとに使いをしてもらえば、それで済んだのだ。

あのときは疲れきっており、そこまで思いが至らなかった。

相変わらず俺は未熟者だな、と俊介は自分を恥じた。

いつもおのれのことしか考えぬ。もっと人に対して気配りができる男にならなければならぬ。

今からでも、文を書いておいたほうがよいか。だが、矢立《やたて》もなければ紙もない。

「連れてきたぞ」

音もなく襖が開き、弥八と千彩が入ってきた。千彩の目は期待に輝いている。

「本当に魔鏡を見せてもらえるのですか」

正座するや俊介にきいてきた。

「紀六どのは見せてくれるといった」

「さようですか。では、心待ちにすることにいたしましょう」

「仁八郎の具合はどうだ」

「はい、見立てに反して、まだ目を覚ましません。でも、もうまちがいなく目を開けるはずです」

「薬は飲ませずともよいのか」

「もう薬は使っていませんので。薬の時期は終わりました。あとは本人の治りの早さだけなのです。私の見立てでは、もうほとんど治っています。発作はもう二度と起きないと確信しています」

廊下を渡ってくる足音がした。それが俊介たちの前で止まった。

「お待たせしました」

するすると襖が開き、紀六が姿を見せた。二つの鏡を無造作に手にしている。

それを見て、千彩が息をのんだ。

「おっ、千彩さんもいらしたのですね」

明るい笑顔になって、紀六が俊介たちの前に正座する。

「こちらです。これが魔鏡といわれているものです」

手を伸ばし、紀六が静かに俊介たちの前に置いた。

二つとも差し渡し七寸ほどか、青胴でできているようだ。鏡面は水銀が塗布されているようだが、相当古いものらしく、錆《さび》が浮き出てきている。

「手に取ってもよいですか」

二つの魔鏡に交互に目を注いで、千彩が申し出る。

「もちろんですよ、ご遠慮なく」

ありがとうございます、といって千彩が一枚を手にする。鏡面を見てから、ひっくり返して裏面を見る。裏面も金属でつくられており、楓《かえで》、桜、松、竹などの葉っぱが彫刻されていた。

「千彩どの、光を当てるといっていたな」

「はい、太陽の光で十分です」

一枚を手に、千彩が開け放たれた腰高障子を抜けて濡縁に立った。

「この雪駄をお借りします」

沓脱石《くつぬぎいし》の雪駄を履いて、千彩が庭に降りる。俊介たちはそろって濡縁に出た。太陽は斜め頭上でさんさんと輝いている。

「こうするのです」

太陽の光を鏡に受けさせ、それを反射させて、庇《ひさし》の陰になっている戸袋に当てた。

「おう」

我知らず俊介は声を発していた。弥八も驚いている。紀六も、ええっ、と声を出したきり、ぽかんと口を開けていた。

紀六のこの様子では、魔鏡があることはとうに知っていたが、どうするのかは知らなかったのか。

「この魔鏡には文字が鋳込んであるようです。――あ あっ」

じっと戸袋に映る文字を目で追っていた千彩が喜びの声を上げた。

「やはりそうです。これには展快散のことが鋳込んであります」

「その展快散というのは、なんなのですか」

興味深げな顔で紀六がたずねる。

「青帆がいうには、卒中によく効く薬ということだ」

「ほう、卒中に」

「いえ、ちがいます」

ぴんと張った声を千彩が放つ。

「この魔鏡には肝の臓に強い影響を与える薬だとあります」

「では、肝の臓の病に効く薬なのか」

「それもちがいます」

首を振って千彩が否定した。

「肝の臓に強い影響を与えるだけなのです」

「薬ではないのか」

「薬は薬です。でも、肝の臓を治すためのものでもないようです」

魔鏡のつくり出している文字に、千彩はじっと目を当てている。

「展快散という薬を用いることで、五竜劇岩丸という薬が新たにできるようです」

「五竜劇岩丸とは、なにに効く薬だろう」

「そこまではこの魔鏡にはありません。展快散のつくり方だけです」

「では、もう一枚にその五竜劇岩丸という薬のことが隠されているのだな」

「きっとそういうことでしょう。この二枚は対のようですから」

すでにもう一枚の魔鏡を弥八が手にしている。すぐさま千彩に渡した。

受け取った千彩がその魔鏡を太陽の光に当てる。新たな文字が戸袋に映り込んだ。

それを千彩がじっと見る。

「こちらには五竜劇岩丸のつくり方があります。案の定です」

あまりに文字が細かすぎて、俊介からはなんと鋳込んであるのか見えないが、千彩はしっかりと文字を追えているようだ。

千彩の目が大きくみはられた。

「えっ、そんな――」

呆然といい、千彩が言葉を失う。

「どうした、千彩どの。そこにはなんとあるのだ」

「五竜劇岩丸という薬は、人の肝臓からつくるとあります」

「なんだと」

弥八が驚愕している。だが、俊介は冷静を保っている。紀六もさして驚いてはいない。

「肝の臓が薬になることは、珍しいことではありません」

平静な顔に返って千彩が説明する。

「有名なところでは、将軍家の刀の試し斬りを仰せつかっている山田浅右衛門《やまだあさえもん》さまの御家の例があります」

その通りだ、と俊介は思った。

「山田家は、首打ち役人に代わって、今は首を刎《は》ねることもされていますから、首切り浅右衛門という異名があります。その山田家が罪人から生き肝を取り、それを薬として売っているのを知らない医者は一人もおりません」

間を置いて、再び千彩が話し出す。

「これには、五竜劇岩丸という薬は岩に効くとあります。そのつくり方ですが、驚いたことに卒中で倒れ、寝たきりで生き長らえている者の肝臓を用いる、とあるのです」

「それは、まさに直央公にぴたりと当てはまるではないか」

「はい、俊介さまのおっしゃる通りです。私はそのことに驚いてしまったのです」

息をついて千彩が昂然《こうぜん》と顔を上げる。

「青帆さまは、いえ、青帆は五竜劇岩丸を恐れ多くも、直央さまの肝の臓でつくり上げようとしているのです」

直央の肝の臓で、五竜劇岩丸をつくることが青帆の狙いだったのだ。命を救おうとしていないことを知られるのを恐れ、早紹の命を絶ち、千彩をキリシタンとして牢獄に送り込んだりしたのだ。

だが、五竜劇岩丸は、人の命を奪ってまでほしがるようなものなのか。

「千彩どの、五竜劇岩丸は岩に効くといったが、それは高価な薬といえるのか」

「はい、とても高価な薬ではないかと思います。展快散を用いてつくり上げた生き肝を死骸から取り出し、たっぷりと酒を入れた瓶にまず入れるのです。瓶に蓋はせず、酒がなくなるのをじっと待ちます。やがて肝の臓が干からびてきます。そしてそれを粉末にすれば、五竜劇岩丸の出来上がりです」

息を継いで、千彩が言葉を続ける。

「もし本当にこの五竜劇岩丸という薬が岩に効くのでしたら、とんでもない値がつくと思います。一つの肝の臓からどれだけの量の五竜劇岩丸ができるのか、私にはわかりませんが、千両くらいには軽くなるのではないでしょうか。場合によっては、もっと高い値がついてもおかしくありません。岩は不治の病です。お金に不自由のない人が岩にかかっており、もしそれが治るといわれたら、きっとお金は惜しまないでしょう」

ということは、と俊介は思った。二千両くらいの値がついても、なんら不思議ではないということか。

それほどの高値になるのならば、人を殺してもかまわないと思う者は少なくあるまい。青帆は、まちがいなくそういう者の一人なのである。人を救う医者にあるまじき者としかいいようがない。

わずかに放心したような顔をそろえて、俊介たちは座敷に戻った。

しばらくのあいだ四人とも言葉がなかった。どこからか鐘の音が響いてきた。それが妙に大きな音のように俊介には感じられた。

「四つになりましたな」

俊介たちを見やって、紀六が口を開いた。

「しかし驚きました。まさかうちの魔鏡にあんな秘密があったなんて」

「紀六どの、本当に魔鏡の秘密を知らなかったのだな」

「はい、存じませんでした。教えてもらって、本当によかった」

紀六は胸をなで下ろしている。

「では、紀六さんはキリシタンではないのですね」

意外そうに千彩が言葉を投げる。

「はい。俊介さまにもいわれましたが、うちはキリシタンではありません。もし我らがキリシタンでしたら、とうに捕まっているはず。横目付衆は、それほど甘くはありません。この村はとっくになくなっていたでしょう」

その通りだろうな、と俊介は思った。秘密を守り通すのは、並大抵のことではない。しかも、村全体で守り続けるといったら、どれほどの労力を必要とするものか。さっさと転宗してしまったほうが楽だろう。

だが、それでも信仰を守ってゆく者はいる。今もこの日の本の国で、人知れず耶蘇教を信仰している人たちがいるのは、確かなことなのだ。人をぐっと引きつける強さを、耶蘇教が持っているのも事実である。

「でしたら、こちらの魔鏡はどうやって手に入れたのですか」

当然の問いを千彩が放った。

「手前どもの先祖が手に入れたのです」

「ご先祖が。いつのご先祖ですか」

うーんとうなり、紀六が困ったような顔になった。

「戦国の昔の先祖です。太閤秀吉公が天下を統一した頃でしょう」

「それはまたずいぶん昔ですね」

「実は、手前どもの先祖は甲賀の忍びなのですよ」

「ええっ、そうなのか」

腰が浮くほど俊介は驚いた。そんなことは思ってもいなかった。

「この村全体がそうですが」

忍びの血だけは今も脈々と受け継がれているのだろう。それだからこそ、村人たちの雰囲気がほかの村とまったく異っているにちがいない。

だが考えてみれば、甲賀の地はここからせいぜい七里程度しかないだろう。忍者をやめた者が、このあたりに移り住むのはたやすいことだ。

俊介をいつも守ってくれている弥八は、真田忍びの末裔である。だが、いま紀六にそんな紹介をしても仕方ないことだろう。せっかく俊介のことをただの旅の侍と見ているらしい紀六に、下手なことは吹き込まないほうがいい。

「ならば、そなたは甲賀忍者の末裔ということか」

俊介は紀六にただした。

「さようでございます。一口に忍者といっても、諜報を任とする華々しい仕事ばかりではありません。うちの先祖は、盗みを得手としていたようなのです」

「忍者というのは、もともと偸盗術《ちゅうとうじゅつ》を極めていなければ仕事にならぬ。文を盗んだりするのは、戦国の昔においては重要な仕事だったはずだ」

ありがとうございます、というように紀六が頭を下げる。

「天下が統一されて太平の世が訪れ、うちの先祖は忍者をやめたようです。その後、薬種問屋をはじめたようなのです。忍者というのは生きるために、人を殺めるためにさまざまな薬種、薬草に詳しくなければなりませんから、それを活かせる職に、ということだったのでしょう。しかしながら、今はただの庄屋でございます。薬種問屋はとっくの昔に廃業しました」

それでも、かなりの貯えはできたのではないか。だからこそ、こうして稲葉村の庄屋をやっていられるのだ。

一気に話したことに少し疲れを覚えたらしく、紀六はしばしのあいだ黙り込んでいた。

「せっかく薬種問屋をはじめたにもかかわらず、先祖はまた悪い癖を出したのです」

「というと」

紀六の先祖がなにをしたか、なんとなくわかったが、俊介は言葉を挟んだ。

「この二つの魔鏡を、同業である薬種問屋から盗み出したようなのです。きっとまだ忍びだったときに、秘薬の製法が隠されている魔鏡との噂でも、耳にしたのでしょう。まったく申し訳ないことをしたものです」

すまなさそうに紀六がこうべを垂れる。

「実際に盗み取った先祖が、魔鏡の秘密を目の当たりにしたのかは、手前にはわかりません。光を当てて壁などに反射させるというやり方がわからなかったかもしれません。仮にわかったとしても、人の肝の臓が原料となっている薬など、つくれるものではないと考え、先祖は二つの魔鏡を放置しておいたのではないでしょうか」

「紀六どのの先祖がこの魔鏡を盗み取った家は、きっと耶蘇教を信仰していた家だったのだな」

俊介がいうと、千彩が納得の声をすぐさま上げた。

「なるほど」

はい、と紀六が申し訳なさそうにうなずく。

「返せるものならば、元の持ち主に返したいのですが、今となってはどうしようもありません」

「そうなのかもしれませんが、紀六さんの家にこの二つの魔鏡があったおかげで、青帆が行った悪事がすべてわかりました。謎が解けたのですから、元気を出してください」

うれしそうに千彩がいう。

「皆さんのお役に立ったのはこれ以上ない喜びですが、しかし、やはり人の物を盗んだというのはお恥ずかしい限りです」

本当に、と俊介は思った。この村はキリシタンではなかったのだな。なによりだ、とほっとした。ただし、俊介には一つ疑問が残っている。

「俺たちはここ稲葉村に、礎安和尚の紹介でやってきた。礎安和尚は、紀六どのに全幅の信頼を寄せているようだ。そなたもその信頼に応えようとしてくれた。俺はそなたらがキリシタンだから口が堅く、俺たちのことを漏らさぬ、という意味に取ったが、どうやらそうではなかった。そなたと礎安和尚は、いったいどのような関係なのだ」

「ああ、そのことでございますか」

一つ頭を下げた紀六が、ためらうことなくしゃべり出す。

「和尚は手前の伯父《おじ》に当たるのですよ」

そのことにはまったく思いが至らなかった。

「血縁だったのか」

「実を申せば、和尚の先祖も甲賀忍者なのでございますよ」

「ふむ、そういうことになろうな」

頭の中に礎安の顔を思い描いて、俊介は微笑した。戦国の昔、いかにもあんな感じの忍びがいそうな気がしてならなかった。ひょうひょうとして、一陣の風とともに姿を消しそうな男である。

「昔からお世話になっていて、和尚に手前は頭が上がらないのです。いいなりですので……」

紀六は苦笑している。

この稲葉村に来たおかげで、さまざまなことが判明した。だが、これで終わりではない。青帆の悪事を白日の下にさらさなければならない。それには、言い逃れのできない決定的な証拠をつかむ必要がある。

「おや――」

声を上げて、弥八が外のほうに顔を向ける。

「いま誰かの声がしなかったか」

「俺にも聞こえたぞ」

「誰かを呼んでいるような声だった」

「――仁八郎だ」

覚って俊介はいった。きっと俺を呼んだのではないか。畳を蹴るように俊介は勢いよく立ち上がった。

「仁八郎さん、目覚めたのですね」

その千彩の言葉が終わるより先に、俊介は座敷を飛び出した。俊介の後ろで千彩も立ち、座敷を出る。

戸口から外を見やると、厩の前に仁八郎が立っていた。馬の首を優しくなでている。馬はおとなしく、仁八郎にされるがままになっている。

「――仁八郎」

駆け出しながら、俊介は名を呼んだ。さっと仁八郎が振り返る。

「俊介さまっ」

叫びざま、仁八郎が走りはじめた。

「仁八郎、無理をするな」

だが、俊介の言葉が届かないように、仁八郎は足をゆるめない。俊介のほうが立ち止まり、大きく両手を広げた。

「俊介さまっ」

小柄な体が俊介に思い切りぶつかってきた。強烈な衝撃を受けたが、俊介は耐えた。これは仁八郎の病がよくなった証なのだ。

仁八郎が俊介に抱きついている。

俊介の腕が熱いもので濡れた。

仁八郎がむせび泣いているのだ。

「俊介さま、会いたかった」

声にならない声で仁八郎がいう。

「俺もだ」

俊介は仁八郎の顔をじっと見た。

「うむ、顔色はよいな」

「もう治りましたから」

「しかし、牢獄では倒れていたぞ」

「あれが最後の発作です」

しみじみとした目で、仁八郎が俊介を見つめる。

「それがしには、俊介さまに助けてもらった記憶が確かにあるのです。しかし、先ほど目覚めてみると、自分は見知らぬ部屋で寝ておりました。しかも一人きりで」

またも仁八郎が俊介の胸に顔を埋める。

まるで犬のようだな、と俊介は悪い意味でなく思った。昔、屋敷で飼っていた犬がこんな感じだった。

実にかわいかった。俊介にとてもなついていた。その犬が死んだときは、俊介の目から涙がおびただしく出た。それを父の幸貫は見ていたが、泣くことはよいことだ、といってくれた。その一言で、俊介はどれだけ救われたことか。

仁八郎は嗚咽《おえつ》している。そこにまちがいなく俊介がいるのを確かめるような目で、何度も見上げてくる。涙にしっとりと濡れた目は、恋する娘のようにうるうるしている。

衆道の仲ならば、このまま布団にまっすぐ向かうところかもしれないが、自分にはそういう趣味は一切ない。

泣きながら仁八郎が訴える。

「もしや自分は牢役人に捕まり、ここに寝かされたのか、俊介さまに助けられたと思ったのは夢だったのか。とにかくこの場を逃げ出そうと、それがしは外に出てみたのです。そうしたら、どうも様子がちがう。なにやら人なつこそうな馬が何頭かいるのが見えたので、自然と足がそちらに向きました」

「とにかく元気になってよかった」

仁八郎の肩を俊介は優しく叩いた。またも、ううぅ、と仁八郎が泣き出す。

「仁八郎、そんなに心細かったのか」

「いえ、心細かったわけではありませぬ。ただただ俊介さまに会いたかったのです」

「こうして会えたぞ」

「はい、うれしゅうございます」

「仁八郎、まだ泣きたいなら存分に泣いてよいぞ。泣くのは恥ではない。戦国の昔の武将たちは、悲しいことがあったり、うれしいことがあったり、心を打たれたことがあったりしたときは、よく涙を流したという。武将たちがいくら泣いたからといって、その勇猛さを疑う者は一人もおらぬ。仁八郎、もう一度いうぞ。泣くのは恥ではない」

　また感情が高ぶってきたようで、仁八郎はおいおいと声を上げて泣き出した。その背を俊介は静かにさすってやった。

「仁八郎さん」

　優しく声をかけたのは、千彩である。仁八郎が弾かれたように振り向く。

「千彩どの」

　叫びざま、仁八郎は一間の距離を一気に跳んだ。千彩の手を握り締める。

「千彩どの、ご無事でしたか。よかった」

「はい、これも仁八郎さんのおかげです。ありがとうございました」

「いや、礼をいわれることではありませぬ。それがし、勝手をいたしました。千彩どのの気持ちも考えず、突っ走ってしまった。千彩どののいう通り、千彩どのはキリシタンでないのだから、牢屋を出る必要はなかった。千彩どのは正しかった」

「いえ、正しかったのは仁八郎さんです」

まっすぐに仁八郎を見て、千彩がいいきる。

「こうして自由の身になってみると、自分の好きなように手足を伸ばせるというのは、すばらしいことがわかります。仁八郎さん、私を救い出してくれて、ありがとう」

「いや、千彩どの、結局のところ俺はなにもしておらぬ。千彩どのを助け出したのは、俊介さまたちだ」

「それだって、私を救おうとして、最初に仁八郎さんが牢獄に飛び込んできてくれたからこそです」

その通りだぞ、仁八郎。俊介は声を出すことなく呼びかけた。

おまえがまず最初に動いたからこそ、千彩どのはここでこうして伸び伸びとしていられるのだ。

キリシタンという濡衣を着せられて、いつまでも牢獄などに、女性がいていいものではないのだ。

二

意外に静かだ。

物々しい雰囲気は感じられない。

脱獄した千彩を捕手たちは鵜《う》の目鷹《めたか》の目《め》で捜しているはずだが、その姿を高宮宿で見ることはない。

風にかすかに揺れる大堀屋の暖簾《のれん》を、俊介と弥八は相次いでくぐった。

「あっ、お帰りなさいませ」

俊介たちを認めるや、大堀屋の番頭がすぐに寄ってきた。

「ただいま戻った」

「あの、俊介さま、弥八さま、昨夜はどちらにお出かけだったのですか」

「悪所だ」

「えっ、そのような場所にお二人で行かれたのですか」

「すまぬな、ここは飯盛女を置いておらぬ平旅籠ゆえ。しかも、俺たちは女連れだ。その上、ちとわけありで、あの二人に手を出すわけにはいかぬ。それで、二人して悪所に繰り出したというわけだ」

「悪所の場所をよくご存じでしたね」

「この弥八は、これまで中山道を数えきれぬほど往復している。どの宿場のどのあたりに悪所があるかなど、すべて諳《そら》んじておる」

「さようでございますか。しかしお戻りになれないときは、その旨、出かける際におっしゃっていただけないと困ります。こちらも戸締まりができないものですから」

「ああ、それは済まぬことをした。次からは気をつけるゆえ、勘弁してくれ」

「こんなことで、手前もあまりうるさくは申し上げたくはないですから」

一礼して番頭が下がろうとする。だが、すぐに顔を上げて言葉を続けた。

「昨夜、お城近くにある牢獄が破られたのですよ」

「ほう、そんなことがあったのか」

「城下はえらい騒ぎだったそうでございますよ。なんでも、捕らえられていたキリシタンの女の人が逃げたらしいんです。破牢を手伝った男が三人もいたらしく、その三人もキリシタンという話ですよ」

「ほう、そうなのか」

噂というのは適当なものでしかないが、信じる者も少なくなかろう。

「キリシタンの三人の男は、牢のお役人や中間さんを五人も刀で斬り殺したらしいんです。そのあまりの無慈悲ぶりに、彦根の者たちも憤っていますよ」

こういう根も葉もない噂は、いったいどこから出てくるのだろう。

「五人というのは、ひどいな」

「あまりにむごいですよ」

「キリシタンの女は捕まりそうか」

「それがまだみたいですね。どこに逃げ込んだのやら。――ではこれで失礼いたします」

辞儀して番頭が下がっていった。

俊介と弥八は上がり框で雪駄を脱ぎ、ようやく板敷きの広間に上がることができた。足の裏がひんやりと冷たく感じる。

「あの番頭、あんな文句をいうくらいなら、琵琶湖の幸を出せというんだ。そうしたら、おとなしく文句も聞いてやる」

二階につながる階段を上りながら、弥八がぶつぶつとつぶやく。

「弥八、なにをぼやいている」

「ぼやきたくもなろう。ただの一晩帰ってこなかったくらいで、嫌みっぽくいわれたんだ。宿代は三日分、前払いしてあるというのに」

「弥八、あの番頭、存外に油断できぬぞ。昨夜、俺たちが出かけたのをしっかりと見ていたのだからな」

「ふむ、俺たちは四つ前にここを出たのだったな。一階には誰もいなかったから、断りもしなかった。それをあの番頭が見ていたからこそ、戸締まりをしなかったのか。確かに油断ならん。俺たちに目を感じさせんなど、大したものではないか」

「弥八、俺たちがただ未熟なだけなのかもしれぬぞ」

「俊介さん、それはいうな」

二階の廊下を歩いて、俊介たちはいちばん奥の部屋の前で足を止めた。

「良美どの、勝江」

「俊介さまっ」

間髪を容れずに弾んだ声が聞こえ、からりと襖が開いた。良美の顔がのぞく。

その背後に勝江がいる。

勝江も、ほっとした顔で俊介たちを見ている。むしろ、弥八に目を当てているようだ。ということはつまり、と俊介は思った。今の勝江の心は弥八にあるのではないか。

「ご無事でしたか」

にっこりとして、良美がうれしげな声を上げた。昨夜は俊介たちの帰りを待ってまんじりともしなかったのか、さすがに疲れた顔をしている。今は心から安堵したようだ。目を潤ませて俊介を見つめている。

俊介は手を伸ばし、良美を抱き締めたかった。口を吸いたかった。

だが、そばに弥八と勝江がいる。我慢するしかなかった。

「済まなかったな、つなぎも取らずに」

なんとかつっかえずにいうことができた。いいえ、と良美がかぶりを振る。

「とにかく、俊介さまと弥八さんがご無事なら、よいのです」

「良美さま、お入りになってもらったほうが」

「ああ、その通りですね」

微笑して良美が横に動く。

「失礼する」

顎を引いて俊介は部屋に入った。背後で弥八が襖を閉める。

部屋は八畳間である。若い女の甘いにおいが籠もっていた。

俊介と弥八は並んで正座した。良美が俊介の向かいに座る。

「勝江、お茶をいれてくれますか」

「お安い御用です」

火鉢の上に置かれた鉄瓶を勝江が持ち、茶葉の入った急須に湯を注ぐ。

「それで首尾はいかがでした。仁八郎さんはあらわれましたか」

隣の間に気を遣ってか、良美が小さな声できいてきた。俊介はそちらの気配を嗅いでみた。刻限は昼の八つを少し過ぎたくらいだろう。部屋に客はまだ入っておらず、無人のようだ。

「俺たちの前にはあらわれなかった。仁八郎は、一丈半の高さを持つ塀を、あの小さな体で乗り越えたのだ」

「お茶をどうぞ」

二つの湯飲みを、勝江が俊介と弥八の前に置いた。

「かたじけない」

「ありがとう」

仁八郎がこちらの裏をかいて牢獄内に入り込んだあと、なにが起きたのか、俊介は良美と勝江に説明した。

「そのようなことがあったのですか。仁八郎さん、危うかったのですね。俊介さま、では千彩さんと仁八郎さんは二人とも無事なのですね」

「今は二人して稲葉村の庄屋の屋敷に世話になっている」

「ああ、よかった」

両手を合わせて良美が喜んでいる。

「なにゆえ早紹どのが押し込みに殺され、千彩どのがキリシタンの濡衣を着せられたか、それも判明した」

興味深げに耳を傾ける良美と勝江に、いったいなにが行われたのか、俊介はそのことも説明した。

「五竜劇岩丸という薬をつくるために、人を殺めたというのですか」

良美は怒りをあらわにしている。勝江も憤然としている。

「青帆というのは、人ではありません。俊介さま、弥八さん、懲《こ》らしめてやってください」

「もちろんそのつもりだ。今からその手立てを探るために、次席家老の庵原安房守に会ってくる」

「えっ、お出かけになるのですか」

いかにも残念そうに勝江がいった。

「俺も良美どのと勝江ともっと一緒にいたいが、そうもいっておられぬ。まだ一連の事件は終わっておらぬ」

茶をがぶりと飲んで、俊介は立ち上がった。

「勝江、とてもうまい茶だな。ありがとう」

弥八も湯飲みを空にしてすっくと立った。

「良美さん、勝江さん、行ってくる」

「今日はまちがいなく帰ってくるゆえ、待っていてくれ」

二人にいい置いて、俊介は部屋を出た。後ろにすぐさま弥八が続いた。

彦根城下も別段、物々しい雰囲気は感じられない。

千彩に対する探索は行われているのだろうが、血まなこになっている役人の姿を目にすることは一度もなかった。

京橋を渡り、俊介と弥八は京橋門の前に立った。今日もまた門衛に止められた。

「庵原安房守どのにお目にかかりたい」

「貴公の名は」

やや尊大さを感じさせる態度できいてきた。この前とは異なる門衛である。また同じ問答を繰り返さねばならぬのか、と俊介は少しげんなりした。

「俊介だ。この者は友垣の弥八」

その名を聞いた途端、門衛の背筋がぴしりと伸びた。

「どうぞ、お入りくだされ」

この前とはまったく門衛の態度がちがう。安房守から、俊介たちの扱いに関し、よくよく言い含められているのだろう。

ありがたし、と俊介は思った。弥八も頬を柔和にゆるませている。

京橋門を抜けた俊介たちは、庵原屋敷の前に立った。長屋門は開いている。俊介たちは敷地内に足を踏み入れた。

敷石を踏んで玄関に入り、訪いを入れた。

廊下を滑るようにやってきた用人らしい侍が俊介を見て、あっと声を上げて式台に平伏する。

「これは俊介さま」

「俊介どのでよい」

「は、はい」

「安房守どのはおられるか」

「はい、たったいま下城されたところでございます」

「お目にかかりたい」

「はっ、承知つかまつりました。それがしのあとをおいでくださいますか」

「わかった」

俊介と弥八は雪駄を脱ぎ、式台に上がった。廊下を歩き出す。

「こちらにどうぞ、お入りください」

俊介と弥八は座敷に落ち着いた。

「ただいまお茶をお持ちいたします」

「気を遣わんでよいぞ」

「いえ、そういうわけにはまいりませぬ」

日当たりのよい庭に小鳥が数羽来て、なにか地中の獲物をついばみはじめた。風が吹き込んで木々を騒がせたと同時に、驚いたように小鳥たちが飛び去った。

「失礼いたします」

若い家臣が茶を運んできた。丁寧な物腰で俊介と弥八の前に茶托《ちゃたく》を置き、その上に湯飲みをのせる。

「お召し上がりください」

「かたじけない」

遠慮なく俊介は湯飲みを手に取った。若い家臣が一礼して座敷を出てゆく。

「こいつはうまい」

先に茶を喫した弥八が声を上げた。

「さすがに五千石の大身だけのことはある」

「そんなにうまいか」

「すばらしいぞ」

湯飲みを口に近づけ、俊介はまずは香りを嗅いだ。

「なにか山奥の滝の前にいるような気分だ」

「なんだ、それは」

「滝の前にいると、なぜか気持ちよいではないか。この茶は香りだけで、それと同じ心持ちになった」

「そうか。でも飲んだほうがもっとうまいぞ」

俊介は茶を喫した。甘みがあり、ほどよい苦みもある。

「うむ、本当だ。うまいな」

「そうだろう。こいつは最高級の茶だ」

弥八がほめたたえる。ちょうどそのとき人の気配が襖の向こうに立った。

「失礼いたします」

襖が静かに開き、庵原安房守が姿を見せた。俊介たちの前に座る。

「俊介さま、お待たせして、まことに申し訳なく存じます」

「安房守、約束がちがうではないか」

見据えるというほどではないが、目をやや険しくして俊介はいった。

「はっ、約束とおっしゃいますと。――ああ、次にお目にかかるときには、俊介どのとお呼びしなければなりませんでした。失礼いたしました」

「そうではない」

「はっ、俊介さん、でございました」

「それでよい」

俊介はにっこりとした。その笑顔を見て、安房守が畏れ入ったような顔になる。

「俊介どのにはかないませぬ」

笑みを消して俊介は身を乗り出した。

「ところで、直央どのの具合はいかがだ」

「今日も変わりはありませぬ。お顔の色はひじょうによいのです。寝息も規則正しいものでございます。あのご様子を見る限りは、じきに目を覚ましそうな気がするのですが。青帆の懸命な治療を信じたくなります」

「信ずる必要はない」

俊介は凛乎《りんこ》とした声を放った。

「青帆は懸命な治療などしておらぬ」

はっ、と安房守が畳に両手をそろえた。

「安房守、これを見よ」

俊介は弥八にうなずいてみせた。弥八が懐から二つの袱紗包《ふくさづつ》みを出した。

袱紗包みに安房守が怪訝《けげん》そうな目を当てている。

「それはなんでございましょう」

「いま見せてやろう。弥八、濡縁でよかろう。今日も天気がよい」

日当たりが十分にあることを見て取った俊介はすっくと立ち上がった。弥八もそれを見て続く。

「安房守、来てくれ」

濡縁に立ち、俊介は手招いた。弥八はすでに横に来ている。

「承知つかまつりました」

頭を下げてから安房守が立ち上がり、俊介の横に正座する。

「よいか、よく見よ。――弥八、天井に当ててくれ」

首を縦に動かした弥八が袱紗を解き、一枚目の魔鏡を手にした。

「鏡でございますな。それもずいぶんと古いようでございます」

「その通りだ。魔鏡という」

「魔鏡でございますか」

「知らぬか」

「はっ、寡聞《かぶん》にして存じませぬ」

「俺も知らなんだ」

鏡面を上にした弥八が魔鏡を太陽に当て、座敷の天井に光を反射させた。

「うおっ」

のけぞるように安房守が仰天した。

「こ、これは……。なにゆえ文字が天井に映るのでございますか」

「この鏡になにか細工をしてあるのはまちがいない。文字を鋳込んであるという
ことだが、子細は俺も知らぬ」

「文字を鋳込む……。あれはなんと書いてあるのでございますか」

天井をじっと見て安房守がきく。

「書いてあるのではないらしいが、それはどうでもよいな」

この魔鏡に隠された秘密を俊介は伝えた。

「五竜劇岩丸でございますか。岩の特効薬……。青帆は恐れ多くも、殿の肝の臓
でそれをつくろうとしていた――」

「そうだ」

「捕らえます」

「無理だ、証拠がない」

「この魔鏡を突きつけてやればよいのではありませぬか。殿の顔色はまさしくこ
の魔鏡の通りでございます。しかも、展快散は五竜劇岩丸をつくるための薬でご
ざいます。やつも申し開きはできますまい」

「とぼけられたら、駄目だな。二つの魔鏡は、青帆は今も大事にしているであろ

う。それが証拠となるやもしれぬ。それでそなたがやれるというのなら、俺は止めぬ」

「さようでございますか」

安房守はさすがに考え込んでいる。迷っているようだ。

「安房守」

俊介が呼ぶと、安房守が顔を上げた。

「千彩どのの脱獄騒ぎについて、そなたは知りたくてうずうずしていたはずなのに、俺の用件を優先させてくれた。感謝する」

「いえ、それはよいのです。あの、破牢した千彩どのという女の医者が今どうしているか、俊介さま、いえ、俊介さんはご存じなので」

「うむ、存じている。さる場所でかくまってもらっている」

「さ、さようでございますか」

安房守の顔に喜色が差す。

「俊介さん、お願いがございます」

「うむ、なんなりと申せ」

安房守の願いがなにかわかりきっていたが、俊介は鷹揚《おうよう》にいった。

「千彩どのに殿を診ていただきたいのでございます」

「それはかまわぬと思うぞ」

「かたじけなく存じます。これで殿は救われるやもしれぬ」

自らにいい聞かせるように、安房守がいった。

そのとき唐突にあわただしい足音が聞こえてきた。それが俊介たちの座敷の前で止まった。

なにかあったな。俊介は胸騒ぎがした。

「殿――」

襖越しに安房守の家臣が呼びかけてきた。

「どうした」

俊介に頭を下げてから安房守がさっと立ち、襖を開けた。血相を変えた家臣の顔が俊介から見えた。なにか小声でしゃべっている。

「なんだと」

これは弥八だった。弥八には家臣がなんといっているか、わかったのだ。読唇術であろう。

安房守は声を失っている。ひたすら呆然としていた。

なにが起きたか、弥八にきかずともその表情から俊介にもわかった。

「ああ」

悲鳴ともつかぬ声を上げた安房守の両膝が力なく畳を打った。

嫡男の直晃は、直央の跡取として公儀に認められているから、つつがなく井伊家の跡を継ぐことになろう。

それにしても、と俊介は考えた。俊介たちはすでに大堀屋に戻ってきている。どうやって、青帆は直央の遺骸から肝の臓を取り出そうというのだろう。まだ取り出してはいないはずだ。ずっと人目があっただろう。ここまですべて目論見通りにきて、青帆が大金に化ける肝の臓を取り出すすべを考えていないはずがない。

本当は直央の臨終の直後、取り出したかったのだろう。生き肝のほうが、薬としてよいに決まっているからだ。

青帆としては、直央の葬儀が行われる前に肝の臓を取り出すしかないだろう。茶毘《だび》に付されてしまっては、これまでの苦労が水の泡だからだ。

いつどこで、青帆は直央の遺骸から肝の臓を取り出そうというのか。

かたく腕組みをして、俊介は深く考え込んだ。

三

ついにそのときがきた。

青帆自身、本当はこんなにときを置くつもりはなかった。

なんやかやと理由をつけて、死んだ直央と二人きりになり、そのときに肝の臓を取り出すつもりでいたのだ。

だが、それをどうしてか庵原安房守がさせなかった。必ず直央の遺骸のそばには、何人かの人の姿があった。

生き肝のほうが薬の効き目がよくなるだけで、値に変わりはない。効き目が悪くなって損をするのは、買い手だけだ。生き肝ではなく、死んでから少しときがたっている肝の臓だからといって、売り手に損が出ることは決してない。

じき直央の葬儀が行われる。

どうやって直央の肝の臓を死骸から取り出すか。

そのことについて、青帆はすでに策を練ってあった。生き肝を取り出せないかもしれないことは、とうの昔に織り込み済みなのだ。

棺《ひつぎ》に納められた直央の遺骸から、肝の臓を取り出すしかない。それしか手立てがなかろう、と見定めている。

直央の遺骸は、井伊家の菩提寺である清凉寺に安置されている。

この寺は佐和山の麓《ふもと》にある。佐和山には戦国の昔、石田三成の居城が築かれていた。

清凉寺のある場所は、当時、石田三成の右腕であった島左近の屋敷があったといわれている。

すでに青帆は清凉寺に隠れひそんでいた。

直央の遺骸のおさめられた棺は、葬儀がはじまるまでまだ三刻近くあるが、すでに本堂内に置かれている。

本堂には人けがまったくない。宿直の者が何人かいるが、棺のほうにはまったく注意を向けていない。

——今ならやれる。

本堂の裏手に回り、青帆は床下にもぐり込んだ。このときのためにすでに本堂には細工をしてあった。本堂の床板が何枚か外れるようにしてあるのだ。それもちょうど、直央の棺が安置されるはずのすぐ近くの床板である。

実際に青帆は床板を持ち上げ、本堂内に入り込むことに成功した。棺が一間ほど先に見えている。線香のにおいが鼻をくすぐる。暑い時季だけに線香が大量に焚《た》かれているのだ。

当たり前のことだが、まだ棺は釘づけされていない。

音を立てることなく青帆が蓋を開けると、真っ白な死装束が見えた。死骸は三角頭巾をしている。

さすがに息をのまざるを得ない。これから自分がすることを思うと、いずれ地獄へ行くのではないか、という気がする。

だが、現世では極楽が待っている。いや、キリシタンの魔鏡によってつくり上げた五竜劇岩丸のおかげで大金を手に入れられるのだから、天国というべきだろうか。

手を伸ばし、青帆はまず死骸の帯を外そうとした。そのとき、いきなり直央が起き上がった。

「うおっ」

仰天した青帆は、あわてて後ろに跳びすさった。

「青帆っ」

直央が鋭く呼びかけてきた。

「そなた、いったいなにをしておるのだ」

「はっ、はい」

青帆は弁明の言葉を必死に考えようとしたが、うまい言葉は出てこない。

「そなた、余の肝の臓を取ろうとしたな」

「い、いえ、そ、そんな。滅相もない」

ここは逃げるしかない、と青帆は覚った。

「皆の者、青帆を捕らえよ」

はっ、といくつかの声が聞こえ、数人の侍が青帆のまわりを取り囲んだ。

すでに逃げ場が失われていることを青帆は知った。
ああ、とうめくしかなかった。
しかし、どうして殿が生き返ったのか。
棺の中で立ち上がり、直央が青帆を見つめている。
——いや、殿ではない。
青帆が覚ったのがわかったかのように、直央になりすました男が三角頭巾を取った。
端整な顔が青帆を見下ろしている。
庵原安房守である。死んだ直央に成り代わって、安房守が棺におさまっていたのだ。
——や、やられた。
もうどうすることもできない。
青帆は、おのれの運命が定まったことを知った。
だが、いったいどうして露見したのか。
青帆の企みが露見していなければ、ここに庵原安房守はいないだろう。

わけがわからない。ばれるはずがなかったのに、どういうわけかばれた。

青帆は力なく首を振るしかなかった。

四

すべては、青帆が私腹を肥やそうとしたことからはじまった。

即日、青帆は首を刎ねられた。その首は高宮宿の高札場近くにさらされることになっている。

瑞玄庵に押し込み、早紹を殺した男は捕まっていない。湊川屋の手下であることは、はっきりした。井伊家の横目付衆が捕らえようとしたところ、捕手の網を破って逃げ出したのだ。行方は杳《よう》として知れないらしい。

青帆との関係を糾弾されて、大津の湊川屋は潰された。

あるじの豊兵衛は、かろうじて死を免れたものの、家産はすべて没収され、井伊領から追放された。

豊兵衛は京にいる縁戚を頼るらしかったが、実際にそうしたかどうか、知る者は一人もいないらしい。

「この通りです」

力こぶをつくって、仁八郎が俊介に笑いかける。

「もう完全に本復しました」

「よかったな」

俊介は明るく笑い返した。

「これも千彩どののおかげだぞ。感謝しなければな」

「はい、よくわかっております」

おや、と俊介は思った。どういうわけか、仁八郎の顔に翳《かげ》が感じられるのだ。

病は完全に治りました、と千彩が宣したくらいだから、本当に大丈夫なのだろうが、この翳はいったいなんなのか。

「よし、行くか」

俊介たちは大堀屋を出立するところである。すでに夜は明けており、朝日が射し込んできている。

「千彩どの、ここでお別れです」

仁八郎は千彩に告げている。

「はい、長いこと一緒にいられて、私は楽しゅうございました」

「それがしも忘れられぬときを過ごさせていただきました。かたじけなく思っています」

仁八郎はいかにも別れがたいようだ。だが、俊介たちは江戸に向かって進むしかない。

「仁八郎、行くぞ」

かわいそうだが、俊介は声をかけた。

「はっ、わかりました」

「では千彩どの、これでな。いろいろと世話になった」

俊介も声をかけた。

「私のほうこそ、大変お世話になりました。こうして自由の身でいられるのは、俊介さまのおかげです」

「俊介さんでいい」

「いえ、さすがにそういうわけにはまいりません」

どうやら仁八郎が俊介の身分を明かしたようだ。俊介はにらみつけようとしたが、しょんぼりしている仁八郎を見ては、目を和らげるしかなかった。

「千彩どの、息災でいてくれ」

「俊介さまも」

千彩は彦根で早紹の診療所を継ぐことになっている。

「仁八郎の治療代は、江戸に戻ってから払う。その旨、俺から甲斎どのに文をしたためておく」

「いえ、それでしたら、私が伝えておきます。また大坂に行かないとなりませんから」

「では頼んでもよいか」

「もちろんです」

別れがたかったが、別れを告げ、俊介は歩き出した。この町で世話になった庵原安房守や北川庫三郎、礎安、紀六にはすでに会いに行き、感謝の言葉を述べてきた。四人とも俊介たちの来訪を喜んでくれた。

弥八が前に回り、俊介の後ろに良美がついた。勝江は今日も行李を背負っている。久しぶりの行李はまたも重そうだ。俊介は、俺が持とうか、といいたかったが、やめておいた。どうせ断られる。

「俊介さま、今日は、持とうか、とおっしゃってくれないのでございますか」

うらめしげに勝江がきく。

「だが勝江、そなた、どうせ断るのであろうが」

「それはそうですが、おっしゃってもらえないと、やはり寂しいものが……」

「女とはなかなか難しいものだな。よし、勝江、その荷物、俺が持とうか」

それを聞いて勝江がにっこりする。

「いえ、けっこうでございます」

それからしばらくのあいだ、俊介たちは足取りも軽く中山道を歩き続けた。

「俊介さま――」

最後尾を歩いていた仁八郎が小走りに寄ってきた。苦しそうな顔つきだ。また頭が痛いのか。

「どうした」

「彦根に戻ってよろしゅうございますか」

戻ってどうする、とは俊介はきかなかった。良美や勝江、弥八はさすがに驚いている。

「それがし、千彩どのとともに彦根に残ろうと思います」

「そうか」

俊介に引き止めるつもりはない。さんざん悩んだ末、仁八郎が下した結論だろうからだ。先ほど仁八郎の顔に見えていた翳は、このことで迷っていたからであろう。

「そなたと別れるのは寂しいが、それもまた人生だ」

「俊介さま……」

仁八郎は涙をあふれさせている。

「達者に暮らせ」

「はい」

未練を振り切るように仁八郎がきびすを返し、いま来たばかりの中山道を引き返しはじめた。

「仁八郎、行くな、俺と一緒に来い、といってやったほうがよかったのではないか」

遠ざかる仁八郎の姿を目で追いながら、弥八がいった。

「それは俺も考えた。だが、仁八郎も大人だ。彦根に残るというのは、大人になった仁八郎の下した結論だ。そうである以上、なにもいわぬほうがよいと俺は判断した」

「きっと江戸の親父どのが悲しもう」

「それは俺からよくよく説明するしかないな」

俊介たちは再び江戸を目指して歩きはじめた。まわりはのどかな景色が広がっている。上空でとんびが舞っている。蛙が水田で鳴いている。近くには人けがなく、旅人の姿もどういうわけか前後に見当たらない。不意に蛙の鳴き声がやんだ。殺気がふくれ上がった。いきなり横合いから襲ってきた者があったのだ。

――こやつは。

一瞬、似鳥幹之丞の放った刺客かとおもったが、そうではなかった。湊川屋がひったくりに遭ったとき、手代のような顔をしていた男だ。確か力造といった。力造の得物は刀ではない。脇差のような刀身の短いものだ。

た男であろう。

おそらく、と俊介は思った。この力造こそが早紹を押し込みに見せかけて殺し逆うらみで俊介を狙ってきたのだ。

一応、刀は抜いてみせたものの、俊介に力造を殺すつもりはない。

捕らえ、彦根の役人に引き渡すつもりだった。力造の腕はさしたることはなく、それは容易にできそうだった。

俊介とのあまりの腕のちがいに、力造は愕然としたようだ。

戦いとはいえないような戦いに弥八も加わり、力造は街道からやや外れた林の中に追い詰められた。

大木を背に、力造は逃げ場を失った。絶望の色を瞳に宿している。うう、と声にならない声を漏らした。

脇差を逆手に持ち替えると、力造は喉に突き立てた。うっ、詰まった声が発せられる。震える手で脇差を動かして、首の血脈を切断した。血が泉のようにほとばしる。

力造は前のめりに地面に倒れた。おびただしい血が血だまりをつくってゆく。

すでに息絶えていた。

俊介たちは力造の遺骸に枝や草をかけて、見えなくした。

この力造という男は、と俊介は林を歩き出して思った。これまで後ろ暗いことを相当こなしてきたのだろう。

そんな人生を送ると、こういう末路を迎えることになるのだ。

善行を積むことがどんなに大事であるか。

俊介は身をもって知ったような気分である。

「おーい」

後ろから声がした。

「あれ、あれは仁八郎さんではないか」

振り向いた弥八がじっと見る。

「まちがいない、仁八郎さんだ」

みるみるうちに仁八郎が追いついてくる。俊介の横まで一気に駆けてきた。

「大丈夫か、仁八郎」

「なんてことはありません」

息も荒くないし、頭も痛そうにしていない。

「どうした、忘れ物か」

「いえ、そうではありませぬ」

恥ずかしそうに仁八郎が鬢をかく。

「袖にされました」

「なんだと。なにゆえだ」

仁八郎さん、あなたは俊介さまと一緒に行くべきお方です、私のことを思ってくれるのはうれしいけれど、それはおそらく勘ちがいに過ぎません。千彩に懇々《こんこん》と諭されたそうだ。

仁八郎としては、その言葉を受け容れるしかなかったそうだ。

「仁八郎、残念だったな」

俊介はいたわった。

「仁八郎さんならすぐにいい人が見つかります」

にこやかに笑いながら良美がいった。

「さようですか。良美さまのようなお方が見つかりましょうか」

「良美さまは無理かもしれませんが」

行李を担ぎ直して勝江が口を出す。

「私のような女でしたら、見つかるかもしれません」

「いえ、そ、それは遠慮しておきます」

「なぜですか」

勝江が目を三角にする。

「好みではないからです」

「仁八郎さま、ずいぶんはっきりおっしゃいますね」

「はい、俊介さま譲りです」

「仁八郎さまはまったく悪いあるじを持たれたものです」

「勝江、それはちがうぞ」

顔を向けて俊介は告げた。

「仁八郎は俺の大事な友垣だ」

ともかく俊介は、また仁八郎とともに旅ができることがうれしくてならない。

俊介たちは江戸に向けて、改めて足を運びはじめた。
彦根では似鳥幹之丞はあらわれなかったが、きっとまた姿をあらわそう。
そのときは必ず討つ。

鈴木英治　徳間文庫刊行　全作品ガイド

（『若殿八方破れ』は除く）

解説　細谷正充

父《おや》子《こ》十《じっ》手《て》捕物日記

名同心だった父親・御牧《みまき》丈右衛門《たけえもん》の跡を継いで二年。新米同心の御牧文之介《ふみのすけ》は上役の桑木又兵衛《くわきまたべえ》から、若い娘が殺された事件を調べるように命じられる。一方、隠居の身の丈右衛門は、娘のお勢《せい》を道連れに死のうとしていたお知佳《ちか》という女性を助ける。なにかとお知佳の世話を焼く丈右衛門だが、その彼を狙《ねら》う、謎《なぞ》の浪人者が現れた……。

まだ未熟だが、人間的な魅力に溢《あふ》れた御牧文之介が初登場。ここから、すべてが始まった。

父子十手捕物日記　春風そよぐ

前作で丈右衛門の命を狙った浪人は何者か。記憶を探る彼は、文之介が惚《ほ》れているお春《はる》という娘がかかわった、十六年前の事件に行き当たる。そして文之介は、浪人者が使った秘剣を手がかりに、その正体に迫るのだった。

父と子が、それぞれに浪人者を追う様子が、テンポよく描かれる。クライマックスのチャンバラも楽しく、リーダビリティーは抜群だ。また、お知佳の件にも動きがあり、次巻への興味を繋《つな》いでいる。

父子十手捕物日記　一輪の花

盗賊・殺人・誘拐《ゆうかい》——自分の親しい人たちまで関係した事件を、必死になって追う文之介。お知佳にかかわる騒動を解決すべく奔走《ほんそう》する丈右衛門。御牧父子は、今日も大忙しだ。

幼馴染《おさななじみ》の中間《ちゅうげん》の勇七《ゆうしち》。いじわるな先輩同心の鹿戸吾市《しかとごいち》。文之介に惚れている、商家の娘のお克《かつ》。文之介を慕う子どもたち。そこに子たちが通う手習所《てならいじょ》の女師匠・弥生《やよい》も加わり、主要人物が勢ぞろい。いよいよシリーズ物としての調子が出てきた。

父子十手捕物日記　蒼《あお》い月

体格のよいお克に迫られ、つい「俺はでぶはきらいなんだ」といってしまった文之介。そのことで、お克に惚れている勇七と大喧嘩《おおげんか》になる。しかし、すぐに仲直りしたふたりは、かねてより気にかけていた、子どもの掏摸《すり》の一件に乗り出していく。

子ども好きの文之介にとって、子どもの掏摸は、悩ましい存在だ。それをどう捌《さば》くのか。文之介の優しさが光る作品だ。また、弥生→勇七→お克→文之介→お春という、ままならない恋の行方も読みどころ。

父子十手捕物日記　鳥かご

前作でお克に抱きつかれている姿を見られてから、お春に避けられている文之介。さらに、お春が見合いをすると聞いて、仕事にも身が入らない。そんな彼を心配して、丈右衛門や勇七が、あれこれと動きだす。

前半は文之介の、恋のドタバタ騒ぎが中心。いきなり痩《や》せて、美人になったお克は、爆笑ものだ。一転、後半は事件がメイン。弥生に魔の手が迫り、大いに盛り上がる。ストーリーの緩急《かんきゅう》を自在に操る、作者の手腕が素晴らしい。

父子十手捕物日記　お陀仏《だぶつ》坂

鮮やかな手並みで、江戸を騒がせる盗賊は何者か。文之介は丈右衛門から〝向こうがしの喜太夫《きだゆう》〟なる盗賊ではないかとの助言を受けるのだが……。
二段構えになった事件の構図。向こうがしの喜太夫の意外な正体と、ミステリー作家・鈴木英治の実力を披露。さらに、ある事件により獄中に入れられた先輩同心・鹿戸吾市の一件も、見どころになっている。シリーズ物ならではの面白さも、ギュッと詰め込まれているのだ。

父子十手捕物日記　夜鳴《よな》き蟬《ぜみ》

小間物売《こまものう》りの駒蔵《こまぞう》が、お春やお知佳の周囲に出没。いったい奴は何者なんだ。不審を覚えた文之介の勘が、大捕物へと繋がっていく。

本書に登場する駒蔵だが、『鳥かご』でチラリと顔を覗《のぞ》かせる小間物屋と同一人物であろうか。だとしたら、作者の企みに脱帽だ。そして今回の事件が悪縁となり、御牧父子とシリーズ最大の敵である凶賊・嘉三郎《かさぶろう》との闘いの幕が上がる。その意味でも、見逃せない一冊だ。

父子十手捕物日記　結ぶ縁

脅し文が届いたと相談してきた廻船問屋が、奉公人諸共、皆殺しにされた。前作で取り逃がした嘉三郎のことも気になるが、そこまで手が回らない。凶悪無《む》惨《ざん》な犯行に怒った文之介は、事件の真相に迫っていく。

皆殺し事件の裏には、ある藩のお家騒動があった。これに同心の文之介が、いかに立ち向かうかが、本作ならではの読みどころだ。丈右衛門がお知佳への気持ちをはっきりさせたり、お克が嫁に行くことを決意したりと、周囲の変化も要チェック。

父子十手捕物日記　地獄の釜

お克の嫁入りで落ち込む勇七だが、事件は待ってくれない。ついに嘉三郎が、御牧父子に牙を剝《む》いた。嘉三郎の悪辣《あくらつ》な復讐計画に、文之介たちが翻弄《ほんろう》される。御牧父子の弱点が、周囲の人々にあると見極めた嘉三郎によって、父子の関係者が事件に巻き込まれる。凶悪なだけでなく、頭も切れる嘉三郎のキャラクターが立っている。それだけに、御牧父子を襲う危難に、ドキドキハラハラ。ページを繰《く》る手が止まらないのだ。

父子十手捕物日記　なびく髪

なんと勇七と弥生が祝言《しゅうげん》を挙げたが、どうやら似合いの夫婦になりそうだ。

幼馴染の幸せを噛《か》みしめながら、嘉三郎の行方を捜《さが》す文之介だが、天ぷら屋が食当たりで死人を出した事件の探索に加わる。しかしその裏には、嘉三郎の姦計《かんけい》があった。

今回、嘉三郎のターゲットになったのは、お春の父・藤蔵《ふじぞう》が主をしている大店《おおだな》の〝三増屋《みます》〟だ。その狙いは当たり、文之介は倒れ、藤蔵は獄中に。そして、お春が失踪した。いったいこれから、どうなるのだ！

父子十手捕物日記　情けの背中

お春は、どこに消えたのか。藤蔵を助けるためには、嘉三郎を捕まえるしかないのか。恋人と凶賊を追って、文之介が江戸を駆《か》ける。嘉三郎篇もクライマックスとあって、ストーリーの勢いも尋常ではない。一気読みの面白さだ。

ところで文之介の上役・桑木又兵衛は、ある夢のために倹約生活をおくっている。その夢が、やっと本書で判明して、ちょっとビックリさせられた。作者、ぶっ飛んだことを考えるなあ。

父子十手捕物日記　町方燃ゆ

嘉三郎との長き闘いも終わり、ほっと一息の文之介たち。だが、江戸の町に事件は絶えない。自分の葬儀を見物しようとした、いたずら好きの隠居が、その葬儀の最中に殺された。さらに定町廻《じょうまちまわ》りの先輩同心が殺され、文之介たちの奔走をあざ笑うかのように、事態はエスカレートしていく。

驚くべき事件の展開に、三年前に起きた〝大塩平八郎《おおしおへいはちろう》の乱〟を絡《から》ませた、ストーリーの妙が楽しめる。作者のミステリー・マインドが感じられる一冊だ。

父子十手捕物日記　さまよう人

前作の大事件も解決し、南町奉行所の面々も、落ち着きを取り戻した。鹿戸吾市は役者の不審死を追及。お春との祝言が決まって浮かれる文之介は、刺殺された男の事件を追いかける。やがて、ふたつの事件が交わり、文之介は新たな手柄を上げる。

ある事実が明らかになったとき、不可解な謎が一挙に氷解する。このカタルシスは、何物にも代えがたい。読者を真相から遠ざける、繊細《せんさい》な人物描写も素晴らしい。作者の小説テクニックを、存分に堪能《たんのう》しよう。

父子十手捕物日記　門出の陽射し

ついに愛するお春と祝言を上げた文之介は、幸せ一杯な毎日を過ごす。一方、丈右衛門は一軒家を借りて、お知佳・お勢と暮らしながら、人探しや探索の仕事を始める。それぞれの道を歩みだしたふたりだが、父子の縁は強く結ばれている。ある殺人事件の真相を、協力しながら追いかけるのだ。

文之介の新婚生活。新たな生業《なりわい》に戸惑う文右衛門の様子。複雑な事件の構図。さらには別シリーズの主役・里村半九郎《さとむらはんくろう》が、ちらりと出演するなど、読みどころが満載だ。

父子十手捕物日記　浪人半九郎

人探しのために上方からやって来たものの、刺し殺されてしまった男。凄腕《すごうで》用心棒の里村半九郎が雇われた、謎の人物の護衛。ふたつの件がクロスしたとき、物語はクライマックスを迎える。

前作で顔を覗かせた半九郎をクローズアップ。文之介と並ぶ、もうひとりの主人公として活躍してくれる。ラストには痛快なチャンバラもあり。「半九郎」シリーズのファンには、嬉しい贈り物だ。なお半九郎は、以後の作品にも、ちょこちょこ登場する。

父子十手捕物日記　息吹《いぶ》く魂

新婚家庭に舞い込んだ〝かぼちゃ事件〟に、興味津々のお春。美味しい蕎麦《そば》の作り方を教えて欲しいと頼まれ、蕎麦打ちに精を出す丈右衛門。ユーモラスな騒動に、読んでるこちらも、ニコニコ顔。文之介が担当する、不思議な死に方をした男の事件も読みごたえあり。

さらに、危地に陥《おちい》った丈右衛門を、文之介が助けるシーンにも注目。第一弾と比較すると、父子の役割が逆転しているのだ。文之介の成長を実感できる、名場面である。

父子十手捕物日記　ふたり道

商家に押し込みが入り、家人と奉公人が惨殺された。怒りに燃え、犯人捕縛を決意する文之介だが、さらに旗本に奉公していた男が殺される。男のことを知っていた文之介は、こちらの事件も追いかける。一方、丈右衛門にも、とんでもないことが……。

なんと、丈右衛門とお知佳の間に子どもが生まれ、シリーズは、ますますハッピーに。しかし事件は大掛かりでシリアス。解決しないまま、最終巻へと続く。文之介の最後の活躍を待て！

父子十手捕物日記　夫婦《めおと》笑み

大身旗本の心酔する僧侶が辻斬《つじぎ》りにあった一件を追う文之介。だが、この辻斬り、前作の事件と関連ありか？　お春からの〝嬉しい報せ〟を胸に、文之介が走る。

とうとう「父子十手捕物日記」シリーズも完結。それに相応《ふさわ》しく、文之介が躍動する。そしてラストは、ファンの誰もが願っていた光景で、物語が締めくくられているのだ。感無量の大団円に喜びを。これほど楽しいシリーズを描き切ってくれた作者に感謝を。ありがとうございました。

新兵衛捕物御用　水斬《すいざん》の剣

温暖な伊豆《いず》のつけ根に位置する駿州《すんしゅう》沼里《ぬまざと》藩で、大騒動が発生した。相次ぐ事件を追うのは、自分の生まれ育った沼里を愛する、同心の森島新兵衛《もりしましんべえ》。藩存亡の危機に、雄々《おお》しく立ち向かうのだった。

沼里という藩の同心を主人公にして、江戸では不可能な、派手な事件を繰り広げるところに、本書のユニークな面白さがある。〝俺の郷《さと》〟を愛する、新兵衛も魅力的。「父子十手捕物日記」シリーズとは一味違う、ニューウェーブ捕物帳の開幕だ。

新兵衛捕物御用　夕霧の剣

物語のメインは、百舌《もず》の速贄《はやにえ》のように、ふたつの死骸《しがい》が木の枝に突き刺された、奇怪な事件。探索を始めた新兵衛だが、与力の柴田《しばた》孫左衛門《まござえもん》から、七十六年前にも同じような事件が起きたと知らされる。さらに物語の冒頭でかかわった事件の犯人までもが、一件に絡んでくるのだった。

複雑な事件を描きながら、軽快に進むストーリーが心地よい。また、本書からシリーズ・ヒロインの牛島智穂《うしじまちほ》が登場。新兵衛との恋の行方が楽しめる。

新兵衛捕物御用　白閃《びゃくせん》の剣

前作の危機を、ふたりで乗り切ったことで、絆を深めた新兵衛と智穂。しかし、その件がネックになり、新兵衛は牛島家から拒絶されてしまう。さらに新たな事件を担当したものの、何度も襲われることになる。これも前作からの事件の因縁か？　真実を求める新兵衛は、やがて恐るべき敵と向かい合うことになる。

第三弾に入って、シリーズは、ますます快調。公私共に大変な新兵衛を、応援せずにはいられない。

新兵衛捕物御用　暁の剣

「新兵衛捕物御用」シリーズの特色は、同心を主人公にして、お家騒動を捕物帳の手法で描くところにあった。だが、お家騒動も前作で一段落。今回の新兵衛は、旧知の女が殺された、市井《しせい》の事件探索に従事することになる。

その一方で、牛島家が障害となり、智穂を嫁にする話は進展しない。事件の真相は何か。新兵衛と智穂は、晴れて結ばれることができるのか。すべての答えは、シリーズ完結篇となる、ここにあるのだ。

血の城

第一回角川春樹小説賞を受賞した『義元謀殺』に続く、異色の戦国ミステリー。徳川《とくがわ》軍による高天神《たかてんじん》城攻めを軸にしながら、死んだ家康《いえやす》の嫡子《ちゃくし》・信康《のぶやす》の生存の噂と、遠州《えんしゅう》一帯で頻発《ひんぱつ》する子どもたちの神隠し事件が錯綜《さくそう》する。人物の視点を切り替えながら、徐々に真相を明らかにしていく手法は、作者の得意とするところだが、それが本書でも遺憾《いかん》なく発揮されている。また、物語の背景に、父子の関係が窺《うかが》えるのも興味深い。『父子十手捕物日記』の萌芽《ほうが》といえよう。

にわか雨

織田《おだ》家と戦うため、今川《いまがわ》家の雑兵《ぞうひょう》に駆《か》り出された百姓《ひゃくしょう》たち。そのなかに初陣《ういじん》の平太《へいた》や、ベテランの茂兵衛《もへえ》がいた。武者になりたいと思っていた平太だが、一瞬の大雨が招いた惨劇により負け戦になってしまう。平太たちは、命からがら逃げ出すのだが……。

作者初の新聞連載作品は、本格的な戦国小説だ。武者に憧《あこが》れる若者が、過酷《かこく》な現実を知り、どのような未来を選択するのか。ダイナミックな歴史の流れと共に描かれる、主人公の生の軌跡から、目が離せないのだ。

この作品は徳間文庫のために書下されました。

徳間文庫

若殿八方破れ

彦根《ひこね》の悪業薬《あくごうやく》

2014年6月15日 初刷

著者 鈴《すず》木《き》英《えい》治《じ》

発行者 平野健一

発行所 東京都港区芝大門二―二―二〒105―8055 株式会社徳間書店

電話 編集〇三(五四〇三)四三四九
販売〇四八(四五一)五九六〇

振替 〇〇一四〇―〇―四四三九二

印刷
製本 図書印刷株式会社

ISBN978-4-19-893842-0 (乱丁、落丁本はお取りかえいたします)

徳間文庫の好評既刊

鈴木英治

若殿八方破れ

久留米の恋《こい》絣《がすり》

書下し

旅の目当ての地である筑後久留米に到着した。しかし、おきみの母親のための薬を仕入れる手筈となっている薬種問屋の主人の別邸が火事で焼け、男の死骸が残されていた。さらに何者かに薬を奪われてしまう。俊介は背後に宿敵似鳥幹之丞の暗躍を感じとる。

鈴木英治

若殿八方破れ

萩の逃《のが》れ路《みち》

書下し

長府に入ると不審な動きをする男に会う。男の月代には釘が刺さっており、俊介の腕の中で息絶えた。翌日、侍十人に襲われる二人の幼い姉妹を助ける。殺された男が番頭をつとめていた大店の娘であるという。俊介は姉妹を萩まで逃がす決意をするが……。